사실은

불안하기

때문이야

임지형·장강명·정명섭·김민성
사실은
불안하기
때문이야
특별한서재

인간은 내일을 알 수 없습니다. 내일은커녕 5분 뒤에 무슨 일이 벌어질지도 알 수 없습니다. 문명이 고도로 발달해서 지구 밖으로 나갈 수 있는 현재도 마찬가지입니다. 그래서 인간은 신을 믿고, 철학을 사유했습니다. 미래를 알 수 없는, 자신의 처지에 대한 불안은 성장과 발전의 동력이 되기도 하지만 발목을 잡는 무거운 무게 추이기도 합니다. 특히, 청소년기의 불안은 성인과는 비교할 수 없을 정도로 깊고 어두울 수밖에 없습니다. 미래는 길고 먼데, 현재 내가 할 수 있는 일은 별로 없기 때문이죠.

저는 70년대 초반에 태어나서 80년대와 90년대에 초등학교와 중학교, 고등학교를 졸업했습니다. 돌이켜 보면 미래에 대한 기나긴 준비를 했던 시기였습니다. 지금의 학생들도 마찬가지일 겁니다. 하지만 사회가 복잡해지고 고도화되면서 아이들에게 지어지는 부담은 더 커져만 가고 있습니다. 강연 때문에 종종 들르는 학교에서 만나는 아이들을 보면서 늘 같은 생각을 하곤 합니다.

'내가 이 시대의 청소년이라면, 과연 지금의 학교 생활을 잘 해낼 수 있을까?'

제가 그런 생각을 하는 이유는 청소년들이 너무나 많은 부담을 짊어진 것이 선명하게 보이기 때문입니다. 물론 겉으로 보이는 환경은 굉장히 좋아졌습니다. 모두 급식을 먹을 수 있고, 교실 한 반에 30명이 채 넘지 않습니다. 공부뿐만 아니라 다양한 활동을 할 수 있고, 옷을 갈아입을 수 있는 탈의실과 가방을 보관할 수 있는 사물함이 있는 학교도 계속 늘어나고 있습니다. 도서관이나 시청각실의 시설도 굉장히 좋아졌습니다. 하지만 눈에 보이지 않는 환경들은 계속 나빠지고 있습니다. 끝없는 공부 지옥과 친구들과의 갈등 같은 것들이 아이들을 지치고 힘들게 만들고 있습니다. 거기에 불안은 더욱더 커져 가고 있습니다. 아이들이 느끼는 불안은 사실 부모와 사회에서부터 비롯됩니다. 불안한 사회를 겪은 어른들은 아이들에게 그 불안을 짊어지게 만들었습니다. 그 결과물이 전 세계에서 손꼽힐 정도로 높은 청소년들의 자살률입니다. 아이들은 미리부터 불안해할 필요가 없습니다. 하지만 세상의 강요로 인해 불안에 빠지게 되었습니다. 저를 포함한 네 명의 작가들은 그런 부당한 불안감에 대해 저항하고, 청소년들을 응원하기 위해 이번 앤솔러지 『사실은 불안하기 때문이야』를 쓰게 되었습니다.

임지형 작가의 「손목 위의 별」은 갑작스런 싱크홀 사고로 아빠를 잃은 금비의 이야기입니다. 가족의 죽음은 남은 사람들의 삶도 같이 파괴합니다. 어릴 때 아빠를 잃은 경험이 있던 저는 조마조마한 심정으로 이 소설을 읽었습니다. 금비의 불안은 아빠를 집어삼킨 싱크홀처럼 한없이 깊습니다. 금비는 과연 불안의 싱크홀에서 빠져나올 수 있을지, 그리고 일상으로 돌아올 수 있을지 지켜보면서 우리의 삶이 얼마나 고통과 슬픔의 길을 걷게 되는지를 생각하게 됩니다.

장강명 작가의 「졸업식」은 먼 미래, 기술의 발달로 인해 인간성을 지킨 인간과 그렇지 못한 이탈자들이 존재하는 시대의 이야기입니다. 학교를 졸업하며 학생들은 인간이 될지 이탈자가 될지를 선택하게 되는데, 그 과정의 이야기를 다루고 있습니다. 졸업을 앞둔 수지는 오래 전에 인간과 이탈자들 사이에 협정을 체결한 사람 중 한 명인 앙리 바라스를 찾아 떠납니다. 이 여행을 통해 어른들이 숨겨 온 세계의 진실을 마주하고 어떤 선택을 해야 할지 고민합니다. 현대가 먼 과거가 되어 버린 시대를 배경으로 인간이 얼마나 어리석었는지를 은유적으로 드러낸 표현이 너무나 눈에 띄고 재미있습니다.

제가 쓴 「축하 공연」은 아이돌의 공연을 둘러싸고 벌어지는 미스터리한 사건이 주제입니다. 소속사 대표의 모교에 공연을 하러 온 아이돌 BFAN은 리허설 도중 누군가 강당에 폭탄을 설치했다는 소식을 듣게 됩니다. BFAN의 멤버 임찬규는 공연 시작 전에 폭탄을 설치한 것이 누구인지, 그리고 왜 그런 짓을 저질렀는지 알아내기로 합니다. 그리고 그 과정에서 불안이 사건의 주요한 동기인 것을 알아차리고 사건을 해결하기 위해 고군분투하는 이야기를 그렸습니다.

마지막으로 김민성 작가의 「안전지대」는 불안감이 극도로 높아지면서 종말 바이러스가 대규모로 퍼진 상황을 그리고 있습니다. 홀로 남겨진 지우는 식량이 떨어지자 종말 바이러스에 감염된 사람들이 활보하는 밖으로 나가야만 하는 상황에 처합니다. 그리고 그곳에서 만난 동료들과 남쪽에 있다는 안전지대로 향합니다. 불안감에 시달리던 지우는 과연 동료들과 함께 종말 바이러스로 가득 찬 세상을 헤쳐 나갈 수 있을까요?

공교롭게도 네 편의 이야기들은 모두 물음표로 끝납니다. 불안을 이겨 내고 새로운 세상 혹은 삶과 마주칠 수 있을지에 대한 각자의 두려움들은 속 시원하게 끝나지 않습니다. 이것이 멈추지도 않고 끝낼 수 없는 불안의 본질이기도 합니다. 불안은 인간이 평생 떼어 낼 수 없는 그림자 같은 존재니까요. 하지만 그림자는 환한 낮에는 보이지 않습니다. 우리의 삶에 계속 빛이 비춰진다면 그림자 같은 불안감은 사라질 겁니다.

여러 작가들이 쓴 단편들을 모아서 만든 앤솔러지는 특정한 주제를 다양한 시선으로 볼 수 있다는 장점이 있습니다. 이번 앤솔러지 역시 청소년들이 느끼는 불안이라는 주제를 각자의 느낌대로 해석했다고 볼 수 있습니다. 하지만 공통적으로 위로라는 감정도 느껴질 겁니다. 어른들이 청소년들에게 보내는 미안함으로부터 시작되었다고 볼 수 있습니다. 한 권의 책이 세상의 모든 불안을 없앨 수는 없습니다. 다만, 불안 옆에는 희망이 있다는 점을 알려 주고 싶었습니다. 부디 재미있게 읽어 주시고 불안을 조금이라도 떨쳐 버리시길 바랍니다.

정명섭

| 차례 |

손목 위의 별

임 지 형

임지형

작가이자 마라토너. 글과 달리기를 삶의 두 축으로 삼아 지금도 한강 변을 달리며 이야기를 길어 올린다. 대학에서 문예창작을 전공하고 무등일보 신춘문예로 등단했다. 광주문화재단 창작지원금을 받아 첫 책 『진짜 거짓말』을 펴냈다.

『연희동 러너』『앤솔러지 한강』『세상에서 가장 가난한 편의점』『진짜 거짓말』『얼굴 시장』『우리 반 욕 킬러』『유튜브 스타 금은동』『내일은 슈퍼리치』『방과 후 초능력 클럽』『늙은 아이들』『환상의 책방 골목』 등을 출간했다.

1

막 떠나려는 버스를 붙잡아 허겁지겁 탔다. 헐떡거리는 숨을 겨우 고르고 교통카드 단말기에 카드를 댔다.

"청소년입니다."

900원. 단말기에 찍힌 요금을 보며 뒤를 돌아봤다. 빈자리는 보이지 않았다. 운전자 뒤쪽 자리로 가서 의자 손잡이를 잡았다. 벌써 8시 50분이었다. 집에서 학교까지는 버스로 20분 거리였다. 오늘도 지각은 미리 맡아 놓은 도서관 빈자리처럼 어김없이 내 것이 될 것 같다.

"휴우."

나도 모르게 낮고 깊은 한숨이 길게 나왔다. 엄마가 원망스러웠다. 아니다. 엄마보다 이미 엄마 상태를 잘 알면서도 알람을 제대로 맞춰 놓지 않은 나에게 짜증이 났다. 한두 번도 아니고 엄마를 믿다니. 사실 엄마가 깨워 주지 않은 지도 오래됐는데….

어젯밤에도 엄마는 술을 마셨다. 아빠와 마실 땐 가볍게 맥주 한두 잔 정도 마시던 주량이 지금은 꽤 늘었다. 그리고 가볍게 마시던 맥주 대신에 지금은 소주를 마신다. 그 양도 날로 늘어났다. 처음엔 반 병이었던 주량이 어느 날부턴가는 한 병이 됐다가, 두 병이 되더니 이젠 세 병 정도 되어야 자리가 끝난다.

엄마의 술자리는 대부분 혼자다. 전용 자리는 침대 옆에 놓인 예반 앞이었다. 짙은 밤색 옷칠 위로 나뭇결이 은은하게 비치는 대야만 한 크기의 상이다. 그 예반은 아빠가 늦은 퇴근 때 혼술을 하거나 혼밥을 할 때 주로 사용했던 거였다. 엄마는 늘 그 위에 간단한 안주를 놓고 소주를 마셨다. 사실 어떨 때 안주 없이 깡소주만 마실 때도 있다. 어젯밤이 그랬다. 안주도 없이 홀짝홀짝 마시던 소주병이 예반 위에 세 개가 놓인 걸 보았다. 밤 늦게까지 술에 취한 엄마가 아침에 날 깨우기 위해 일어나는 일은 있을 수 없는 일이었다.

버스는 내 마음을 아는 듯 신호 한 번 걸리지 않고 내달렸다. 이 정도 속도라면 어쩌면 지각을 면할 수도 있겠단 생각이 들었다. 몇 개의 정거장을 지나 도착까지 한 정거장 정도 남았을 때였다. 도로는 내리막길이었다. 늘 그렇듯 이 길에선 나도 모르게 발바닥에 힘을 준다. 마치 균형을 잃은 물건이 넘어지

임 지 형

지 않게 버티는 것 같은 느낌이랄까. 그럴 때면 덩달아 심장도 조금 빠르게 뛰었다. 두근두근. 손엔 진땀이 나고 등짝엔 식은 땀이 맺히는 느낌이었다.

"후아아."

마음을 가다듬기 위해 숨을 골랐다. 그러지 않으면 공황이 온 것처럼 그 자리에서 쓰러질지도 몰랐다. 그런데 하필 그때 버스가 급정거했다.

"끼이익!"

신호등이 막 빨간불로 바뀌었는데도, 멈추지 못한 우회전 차량이 훅 들어왔다. 버스 차체가 앞으로 밀리면서 요란하게 정차했다. 날카로운 브레이크 소리와 함께 내 몸이 휙 쏠렸다. 나뿐만 아니었다. 의자에 앉아 있던 사람도 몸이 흔들렸고, 서 있던 사람들은 휘청거리며 중심을 잃고 부딪히거나 넘어졌다.

"으아아."

나는 거의 주저앉다시피 앉아 비명을 질렀다. 동시에 누군 가의 비명도 들렸다. 버스 안이 술렁거렸다. 곧바로 운전기사 아저씨의 말이 들렸다.

"아, 씨… 이 새끼가 미쳤나? 왜 신호를 안 지키고 지랄이 야."

거칠게 말을 내뱉던 아저씨는 곧바로 목소리를 누그러뜨리 며 승객들에게 말했다.

"어, 승객 여러분, 죄송합니다. 앞차가 갑자기 들어오는 바람에 급정거하게 됐습니다. 혹시 다치신 분 계시면 말씀해 주세요."

그러자 뒤쪽에 있던 한 아주머니가 "헉, 무서워라"라고 중얼거렸다. 어떤 남자는 "휴우, 진짜 박는 줄 알고 식겁했네"라며 속삭였다. 하지만 나는 아무 말 못 했다. 너무 놀란 내 다리는 달달 떨렸고, 심장은 금방이라도 튀어나올 것처럼 쿵쿵 뛰었다. 숨이 제대로 쉬어지지 않았다. 손바닥은 이미 진땀으로 홍건했다.

불안감이 급속도로 치솟아 오르자 멍했던 머릿속은 한 가지 생각으로 소용돌이 쳤다.

'긋고 싶어. 깊게…'

슬며시 긴 소매 끝으로 가려진 왼쪽 손목을 바라봤다. 희미한 흉터들이 빛바랜 낙서처럼 보였다. 나는 행여 누가 볼세라 더 늘어나지 않는 소매 끝을 끌어당겼다. 들키고 싶지 않은 본능은 아찔한 순간에도 발동했다.

"이번 정류장은 OO중학교 앞입니다. 하차하실 문은 오른쪽입니다. 하차 시 교통카드를 단말기에 대 주세요."

다행히도 버스는 내가 내릴 정류장에 멈췄다. 나는 서둘러 단말기에 카드를 댄 후 밖으로 나갔다. 내린 승객은 나를 포함해서 두 명이 더 있었다. 승객이 내린 버스는 곧장 출발해 매연

　　임 지 형

만 남기고 사라졌다. 나는 잠시 자리에 멈춰 심호흡을 했다. 그 사이 두 사람도 총총히 걸어갔고, 나는 망연히 서 있다가 다시 내 손목을 쳐다봤다. 빗금처럼 그어진 희미한 흉터가 망막 안으로 들어왔다.

처음 자해를 시작한 건 일 년 전이었다. 아빠가 어느 날 땅속으로 꺼지고, 내 인생에서도 사라지면서부터였다. 아빠는 거의 잠자는 시간 빼고는 일만 하는 택배원이었다. 가끔은 엄마도 아빠 일을 도왔다. 둘은 비교적 사이가 좋은 편이었다. 그리고 아빤 유독 나를 예뻐했다.

"우리 금비 나중에 하고 싶은 거 다 하려면 아빠가 부지런히 돈 벌어야 해. 그러니까 못 놀아 준다고 서운해 하면 안 돼."

아빤 나만 보면 예뻐서 어쩔 줄 몰라 하면서도 놀아 주지 못한 것에 대한 미안함 때문인지 늘 이렇게 말했다. 그럴 때마다 나는 입을 삐죽 내밀고 퉁퉁거렸지만 금방 그만두었다. 어린 내 눈에도 아빠가 몹시 바빠 보였고, 피곤해 보였기 때문이다.

그날도 그랬다. 종일 택배 일로 바빴던 날이었다. 아빠는 아침에 아팠던 엄마 때문에 약을 사서 집으로 가던 중이었다. 하지만 잠깐 약만 주고 나가려던 아빤 영원히 집으로 오지 못했다. 집으로 오는 길, 느닷없이 아빠가 지나가던 길 위에 싱크홀이 생겼다. 그 싱크홀이 아빠를 잡아먹었다.

아빠의 주검은 이틀 동안의 수색 끝에 찾을 수 있었다. 땅속으로 떨어지면서 충돌이 심했는지 시신 상태는 형체가 온전하지 못했다. 가족 중 그 누구도 정신을 차릴 새도 없이 장례식이 치러졌고, 엄마는 장례식 내내 반실신 상태였다.

"나 때문이야. 나만 아니었으면. 내가 아프다고 약 사 오라고 말만 안 했더라면…."

엄마는 장례식 내내 아빠의 영정 사진을 보고 미친 사람처럼 중얼거렸다. 그러다 울면서 실신하기를 반복해 중학생인 내가 문상객을 맞이해야 했다. 사람들은 아직 중학생인 나를 보고 한마디씩 하기 바빴다. 하지만 내 귀엔 단 한마디도 들어오지 않았다. 그저 현실 같지 않은 장례식이 빨리 끝나기만을 바랐다.

장례식이 끝난 후에도 엄마는 정신줄을 놓은 사람처럼 지냈다. 그러다 나중에 아빠가 들어 놓은 보험을 보고는 대성통곡을 했다. 만약을 대비해 들어 놓은 아빠의 보험 수령액은 모아 놓고 보니 꽤 많은 액수였다. 상해 사망 보험금 2억, 생명 보험금 2억, 운전자 보험금은 5천만 원이었다. 그러니까 우리 형편에 억 단위 돈이 들어오는 건 처음이었다.

일단 당장의 생활고는 면했다. 하지만 문제는 엄마였다. 좀처럼 엄마는 정신을 차리지 못했다. 그런 엄마를 보고 있는 내 마음은 하루에도 온갖 감정으로 널을 뛰었다. 혹시 이러다가 엄마까지 잃는 건 아닐지 불안감은 극대화되었다.

그러던 어느 날이었다. 지우개 가루가 흩어져 있는 책상 위에 손을 올렸다. 왼손 검지 손톱 밑이 부러져 있었다. 시험이 끝나고 손톱을 물어뜯었는데 그 정도로 부러져 있는 줄 몰랐다. 손톱을 정리하기 위해 책상 안으로 손을 집어 넣어 필통 속에서 커터 칼을 꺼냈다. 칼날을 올려 부러진 손톱에 가져다 댔다. 손톱이 잘 안 잘라졌다. 나는 커터 칼의 뒷부분 꼭지를 빼어서 무뎌진 칼날 조각을 떼어 냈다. 그리고 새 칼날로 손톱을 정리했다. 쓰윽, 손톱 대신 손가락 끝에 빨간 피가 맺혔다. 그 순간 아릿함과 함께 묘한 쾌감이 밀려왔다.

무슨 생각이었을까? 나는 이번엔 칼날을 손목으로 가져갔다. 쓰으윽, 스칠듯 말 듯 칼날이 손목 위를 지나갔다. 손목에 피가 금방 번지진 않았다. 딱 종이에 펜을 꾹 누르고 뗐을 때 남는 자국처럼 선 하나만 그려졌다. 그런데 이상했다. 그 순간만큼은 머리가 조용해졌다. 아니, 늘 온갖 감정으로 들끓던 가슴이 차분해졌다.

그때부터였다. 위태위태한 엄마를 볼 때마다, 알 수 없는 내 미래에 대한 불안함이 들 때마다 손목 위에 선을 그었다. 처음엔 짧고 얕게, 그리고 조금씩 길고 깊게…. 마치 엄마의 소주병이 반 병에서 한 병, 한 병에서 두 병 그리고 세 병이 되는 것처럼 내 팔목의 빗금도 늘어났다.

"또 늦었구나. 금비야."

학년 연구실로 조심스럽게 들어서자마자 선생님이 말했다. 담담하지만 단호한 목소리였다. 선생님의 눈빛은 책상 너머 탁상시계에 던져졌다. 이미 1교시가 끝난 터라 시간은 훌쩍 지나 있었다. 나는 아무 말 없이 고개를 숙였다. 할 말이 없었다.

"이게 몇 번째인지 알지? 늦는 건 습관이 되고, 습관은 결국 신뢰를 잃게 해. 네가 얼마나 힘든지 다 알 순 없지만, 최소한 학교는 제시간에 와야지."

나는 여전히 대꾸하지 않은 채 서 있었다. 말 대신 목울대가 작게 흔들렸다. 입술이 파르르 떨리는 걸 들키지 않으려 더 깊숙이 고개를 숙였다. 뭐라고 말할 수 있을까? 엄마가 술 먹고 잠들어 깨워 주지 못해 지각했어요,라고 할까. 아니면 엄마의 그런 모습이 불안해 손목을 긋다가 늦게 잠들었어요,라고 해야 할까.

내 침묵이 길어지고 탁상시계의 초침 소리는 유난히 크게 들렸다. 틱, 탁. 틱, 탁. 그 소리는 마치 조용한 비난처럼 들렸다. 누군가가 내 목을 꽉 조이는 듯 숨이 막히기 시작했다. 난 쥐고 있던 주먹을 더 세게 쥐었다. 무의식적으로 셔츠 소매 끝을 움켜쥐며 손목을 가렸다. 잠시 침묵하던 선생님이 한숨처럼 말을 덧붙였다.

"금비야, 혹시 힘든 거 있으면 말해도 돼. 혼내려고 부른 거 아니야."

선생님 말투가 아까보다 한결 수그러들었다. 슬며시 고개를 들었다. 선생님의 얼굴은 예상보다 따뜻했고, 눈빛은 왠지 내 손목 근처를 맴도는 것처럼 보였다.

"죄, 죄송해요."

겨우 한마디 내뱉었는데도 불구하고 진이 빠지는 것 같았다. 도대체 이 짓을 언제까지 해야 하나. 분명 미안한 마음 가득인데, 나 또한 나를 믿을 수가 없었다.

"제발 다음부턴 늦지 마. 알겠지? 그리고 무슨 문제 있음 꼭 선생님한테 말하고."

"…"

"대답 안 하는 걸 보니 계속 늦겠다는 거야?"

선생님이 농담조로 말하고 피식 웃었다. 왠지 내 마음을 들킨 것 같아 순간 볼이 뜨거워졌다.

"나가 봐."

나는 말없이 고개를 꾸벅 숙인 후, 연구실을 나갔다.

연구실 문을 나서는 순간, 세상이 조금 더 무거워진 것 같았다. 혼나는 건 익숙한 일이었지만, 마음에 작은 돌멩이를 품고 있는 것처럼 가라앉는 건 어쩔 수 없었다. 신세를 한탄하는 것도 이제 지겹다. 다만 선생님 말대로 더 이상 지각을 안 하고 싶을 뿐이었다. 하지만 나는 안다. 나는 또 기회만 되면 늦게 잘 것이고, 깨워 주는 사람이 없는 한 계속해서 지각할 것이다.

나는 고개를 숙이고 복도 끝을 향해 걷기 시작했다. 마음이 무거워서 그런지 걸음도 터벅거렸다. 왼쪽 소매를 조심스럽게 잡아당기며 손목이 드러나지 않도록 신경을 곤두세웠다. 그때였다. 휙 모퉁이를 돌려는 순간 누군가와 부딪혔다.

"앗!"

"어, 미안!"

서로의 어깨가 부딪히면서 내 몸이 뒤로 살짝 밀렸다. 순간적으로 균형을 잡으려다 왼팔이 휘날리듯 들렸다. 그리고 꽁꽁 숨기던 소매가 걷히면서, 손목의 흉터가 드러났다. 하필 어젯밤에 그어 놓은 거라 비교적 선명했다.

상대의 얼굴을 봤다. 우리 반 아이였다. 몇 개월이지만 같은 교실에 있었는데도 한 번도 말을 섞어 본 기억이 없는 애였다.

이름이 예림이었던가?

"괜찮아?"

예림이 물었다. 잠깐 눈길이 내 손목에 머물렀다. 정말 아주 잠깐. 나는 소매를 급히 내리고 애써 무표정한 얼굴을 지었다.

"괘, 괜찮아…."

작게 중얼거렸지만 목소리는 내가 들어도 엉망이었다. 예림은 아무 말 없이 고개를 끄덕이고 그대로 지나쳤다. 뒤돌아보지도 않고, 아무런 질문도 없이. 다행이었다. 조금이라도 알은체를 했더라면 그것 또한 난처할 일이었다. 그런데 이상했다. 분명 다행이라는 마음은 드는데 어딘가 모르게 서운함도 들었다. 보지 못한 척 해 줘서 고마운데, 진짜로 못 본 것 같아서 외로웠다. 이 말도 안 되는 감정이 드는 이유가 한심했지만 정말 내 마음이 그랬다.

며칠이 지났다. 손목의 상처는 조금 아물었지만, 수시로 덜컹거리는 마음은 여전했다. 점심시간에 나는 복도 끝 도서관 앞에 있는 의자에 앉아, 책을 펼쳐 읽는 척하며 시간을 때우고 있었다. 사실은 아무것도 눈에 들어오지 않았지만 그게 내 방식이었다. 아무렇지 않은 척, 괜찮은 척, 신경 안 쓰는 척.

그때 발 뒤꿈치를 살짝 끌며 걷는 사람 특유의 느슨하고도 리듬 있는 실내화 소리가 들렸다. 고개를 들지는 않았다. 하지만 누군지는 알 수 있었다.

"참치 마요, 불닭? 어떤 거 할래?"

예림이었다. 예림은 내 옆 의자에 조용히 앉더니, 가방을 열어 두 개의 삼각 김밥을 꺼냈다. 그러곤 말도 없이 하나를 내 쪽으로 내밀었다.

놀란 나는 고개를 들었다. 예림은 여전히 삼각 김밥 포장을 뜯으며 눈을 마주치지 않았다. 그저 일상인 것처럼 별일 아니라는 듯 행동했다.

"어제 급식 미역국에 미역만 있어서 짜증 났거든. 그래서 사 왔어."

예림이 혼잣말처럼 툭 한마디를 던졌다. 하지만 왠지 그 속엔 의도가 보였다. 그럼에도 그 애는 묻지 않았다. 손목에 대해서도, 지각에 대해서도, 그리고 그 어느 것도. 나는 그저 같은 반 아이가 아니라 '그날 복도에서 마주친 나'를 기억하고 있었다는 사실만으로도 왠지 뭉클했다. 삼각 김밥을 받아 드는데 목이 조금 뜨거워졌다. 내가 불닭을 집어들었다.

"불닭 정말 괜찮아? 참치 마요 먹어도 돼."

나는 잠깐 멍한 채로 있다가, 고개를 천천히 끄덕였다. 그 순간, 내 속 어딘가에 단단하게 걸려 있던 매듭 하나가 살짝 느슨해진 것 같았다. 하지만 마음 한쪽에선 또 다른 끈이 바짝 조여졌다. 삼각 김밥 포장을 벗기던 손이 잠시 멈췄다. 불쑥 이틀

전 일이 생각났다. 현관문을 열고 집 안으로 들어섰을 때였다. 거실 불은 꺼져 있었고, 엄마는 소파에 옷도 갈아입지 않은 채로 잠들어 있었다. 바닥에 빈 맥주 캔 몇 개가 발치에 굴러다녔고, 엄마의 핸드폰이 켜져 있었다.

핸드폰을 들어 화면을 봤다. 화면엔 아직 해지하지 못한 아빠의 톡 대화창에 '미안해, 미안…'이라고 메시지를 쓰다 만 게 보였다.

나는 엄마를 흔들어 깨우지 못했다. 혹시라도 깨어서 울기라도 하면, 내가 무너질까 봐. 무너져서 또 내게 어떤 짓을 할지 몰라서. 그날 밤, 나는 문틈 사이로 엄마의 숨소리를 확인하며 몇 번이나 깼다. 혹시, 숨이 멎어 있진 않은지. 혹시 정말 떠나 버리지는 않을지. 불안하고 두려웠다.

'이제 엄마까지 사라지면 어떡하지?'

수시로 찾아드는 그 생각은 늘 목구멍 어딘가에 가시처럼 걸려 있었다. 사람은 그냥 그렇게 예고 없이 사라질 수 있다는 걸 아빠를 통해 너무 일찍 알아 버렸기 때문이다.

예림이 옆에서 삼각 김밥을 베어 물고 있었다. 나는 그 조용한 기척에 조금씩 현실로 돌아왔다. 손끝에 남은 불안은 가시지 않았지만, 지금 이 순간만큼은 그 애가 옆에 있다는 사실만으로도 나 자신을 붙잡을 수 있을 것 같았다.

3

점심시간이 끝나 갈 무렵이었다. 호주머니 속에 넣어 둔 핸드폰이 진동했다. 엄마였다. 순간 심장이 툭 내려앉았다. 이 시간에 전화를 건 건, 여태 딱 한 번뿐이었다.

'또 무슨 일이라도 생긴 걸까?'

얼른 핸드폰을 들고 복도로 나갔다. 주변을 살핀 후 조용한 계단 쪽으로 내려갔다. 다행히 아무도 없었다. 막 받으려는 순간 전화가 끊겼다. 그리고 바로 이어지는 음성 메시지.

"금비야, 엄마야. 미안하다. 엄만 괜찮아…. 그냥, 그냥 네 목소리 듣고 싶어서."

취기가 한껏 오른 듯한 엄마의 말투. 말끝마다 비틀리는 목소리를 보니 낮부터 마신 것 같았다. 어젯밤에도 집에 안 들어왔는데, 설마 지금까지 마시고 있는 걸까? 나는 아무 말도 하지 못한 채 핸드폰만 멀뚱히 내려다봤다. 핸드폰 화면 위로 엄마와 아빠랑 찍은 사진이 떴다. 그 순간 갑자기 눈앞이 흐려졌다. 눈물이 흐르는 건 아니었다. 어지러움이었다.

계단 난간 손잡이를 붙잡은 채 숨을 들이마셨다. 괜찮다. 나는 괜찮다. 엄마도 지금만 넘기면 괜찮아질 거다. 그러니까 괜찮다. 아니, 괜찮아야 한다. 나는 어느새 손톱으로 손등을 깊숙이 눌렀다. 손톱이 피부에 파고들었다. 아프다기보단 묘하게 시원했다. 머릿속에서 터질 듯 부풀던 감정들이 그 짧은 통증 속으로 가라앉는 느낌이 들었다. 나는 그렇게 살이 움푹 꺼질 때까지 누르고 눌렀다. 말 대신, 울음 대신 그저 피부를 누르는 것으로만으로도 견뎌졌다.

"흐음."

심호흡을 한 차례 한 후 계단 위를 올려다봤다. 아무도 없었던 곳에 예림이 있었다. 우연이었을까? 아니면 일부러 온 걸까. 예림이 언제부터 저기에 있었던 거지? 예림이 나를 보고 한참을 말없이 서 있었다.

"괜찮아?"

툭, 던지듯 내뱉은 예림의 말은 평소처럼 감정 없는 어조였다. 하지만 이번엔 뭔가 조금 달랐다. 무심함 속에 걱정이 묻어났다. 나는 애써 웃으며 고개를 끄덕였다.

"어, 그냥. 전화가 좀 와서."

나는 아무렇지 않은 척 계단 손잡이를 잡고 위로 올라갔다.

그때 조금 전 세게 누르던 손등과 소매가 올라가며 손목이 보였다. 그때 예림의 눈길이 내 왼쪽 손등과 손목에 닿았다. 순간 머릿속이 멍해지면서 내 손목과 손등 상태를 떠올렸다. 좀 전에 상처 낸 손등과 그 위로 희미하지만 오래된 상처들의 흔적. 후다닥 손을 내렸지만 이미 너무 늦었다.

예림은 아무 말이 없었다. 하지만 그 침묵이 나를 찔렀다. 마치 날카로운 송곳처럼 쿡쿡 찔러 댔다. 내가 먼저 입을 열었다.

"별거 아니야. 그냥 예전에 고양이한테 잠깐…."

나도 모르게 변명을 했다. 그런데 말을 마치기도 전에 왠지 내가 초라하게 느껴졌다. 나는 고양이를 키우지도 않고 근처에 가 본 적도 없다. 예림은 고개를 끄덕였지만, 시선은 여전히 내 손에서 거두지 않았다. 그러고는 작게 한마디 했다.

"안 괜찮아 보여…."

숨이 턱 막혔다. 정곡을 찔리는 느낌도 아니고, 위로 같지도 않았다. 그냥 그저 보고 있었다는 말처럼 들렸다. 들킨 걸까? 나는 또 다시 내가 잘하는 '척'을 했다. 웃는 척, 괜찮은 척, 그리고 아무렇지 않은 척. 하지만 예림은 달랐다. 무심했던 얼굴엔 그늘이 짙게 드리워졌다. 난 차마 그 얼굴을 볼 수가 없어 고개를 숙인 채 교실로 향했다.

늦은 시간까지 집 밖에 있다가 들어갔다. 현관문을 열고 본

임 지 형

능적으로 거실 불부터 확인했다. 놀랍게도 불이 켜져 있었다. 낮에 걸려 왔던 전화를 생각하면 반전이었다. 엄마의 흐트러진 말투, 술기운이 섞인 목소리가 머릿속을 다시 맴돌았다. 혹시 지금도 소파에 쓰러져 있는 걸까? 아니, 그동안 무슨 일이 벌어진 걸까? 무섭게 왜 이렇게 조용한 거야? 하지만 집 안의 온기가 달랐다. 음식 냄새가 집 안에 퍼져 있었다.

조심스럽게 신발을 벗고, 거실 안으로 발을 들였다. 그때였다.

"왔니?"

주방에서 엄마의 목소리가 들려왔다. 예전과 다를 바 없는 맑고 또렷한 목소리. 순간 우뚝 멈춰 섰다. 정말 엄마가 맞나? 잠시 멈췄다가 조용히 주방 쪽으로 다가갔다. 식탁 위에는 김이 모락모락 나는 된장찌개와 계란말이 그리고 불고기, 잡채까지 차려져 있었다. 그건 아빠가 생전에 가장 좋아하던 반찬들이었다. 물론 잡채는 내 최애 음식이었다.

"이게 다 뭐야?"

나는 식탁을 바라보다가 엄마 쪽으로 시선을 돌렸다. 엄마가 앞치마를 두른 채 수저를 가져와 놓았다. 눈은 충혈 되어 있었지만, 얼굴은 어색하게나마 웃고 있었다. 저 앞치마 두른 모습을 얼마 만에 보는 걸까? 거기에 오랜만에 보는 엄마의 정상적인 얼굴. 아무 말 없이 멀뚱히 바라보는데 뭐라 형언할 수 없는 마음이 생겼다.

"일단 얼른 앉아. 먹으면서 얘기하자."

나는 조심스레 한 걸음씩 식탁 쪽으로 다가갔다. 전혀 예상치 못한 이 일들이 꿈만 같았다. 마음 같아선 볼이라도 꼬집어 보고 싶었지만 그러지 않았다. 솔직히 꿈이라도 지금 이 시간이 좋았다. 그냥 안 깨어나도 좋으니 이대로 있기를 바랐다.

엄마가 조용히 밥을 퍼 준 후 의자에 앉았다.

"어제 연락 왔어. 아빠 일 거의 마무리 될 것 같아."

나는 젓가락을 들다 말고 고개를 들었다. 엄마가 슬쩍 내 얼굴을 올려다보며 희미하게 웃었다. 나를 위해 애써 지은 그 표정이 유독 슬퍼 보였다. 혹시 어제 집에 들어오지 않았던 것도 저 소식 때문이었나?

"여기까지 오는데 오래 걸렸네…."

엄마가 국물에 손등을 데인 듯 숟가락을 잠시 내려놓고 말했다. 목소리는 조용했고 혼잣말처럼 내뱉었다.

"처음엔 다들 개인 책임이라고 했어. 관리 문제라며 서로 책임만 떠넘기고. 국가의 탓도 아니라는 거야. 도로 포장한 업체, 공사를 발주한 회사, 시청…. 다들 나 몰라라 하더라."

엄마는 물컵을 들어 한 모금 마셨다. 물컵을 든 손이 조금 떨리는 것 같았다.

"그러다 뉴스에 보도되면서 다시 조사가 들어갔나 봐. 그때

　　　　　　　　　　　　　　　　　　　　임 지 형

부터 자료를 모으느라 진짜 힘들었어. 두 번은 못 할 짓이야. 사람이 할 일이 아니더라고. 사고 당시 CCTV, 민원 접수 내역까지 내가 다 찾아다녔어."

나는 말없이 고개를 숙이고 밥알을 씹었다. 밥이 모래알처럼 입안에서 서걱거렸다. 아빠가 좋아하던 반찬엔 손이 안 갔다. 한눈에도 반찬이 점점 식어서 말라가는 게 보였다. 엄마의 말이 이어졌다.

"아빠 일은… 그냥 사고가 아니었어. 누군가가 책임졌어야 했던 일이었고, 그걸 밝혀내려고 나 혼자 싸우다 보니 지쳐서, 그냥 포기하고 싶더라."

또다시 엄마가 말을 멈췄다. 이제 식어서 김도 오르지 않는 된장찌개를 한 숟갈 떠서 천천히 삼켰다.

"그런데 어제 처음으로 누가 죄송하다고 말하는데…. 그 말 한마디가 이렇게 오래 걸릴 줄 몰랐어."

엄마의 말끝이 살짝 떨렸다. 이번엔 내가 된장찌개를 한 숟갈 떠 입안에 넣었다. 엄마의 된장찌개는 늘 싱거워서 문제였는데. 그래서 아빤 늘 "울 마누라는 다 잘하는데 된장찌개는 왜 이리 싱겁게 하는지 몰라" 하며 엄마를 놀리고, 엄마는 "짠 건 건강에 안 좋아. 그러니까 그냥 먹어" 하면서 맞받아쳤는데. 오늘은 아니었다. 된장찌개의 짠맛이 무너져 내릴 듯한 불안의 땅에서 처음으로 단단한 바닥을 딛는 느낌이었다.

식탁 위에 놓인 반찬들을 바라봤다. 평범했지만 그 속에는 아빠와 나 그리고 엄마가 '함께 있던 시절'이 조용히 담겨 있었다.

"금비야, 엄마가 미안해. 단번에 그 이전처럼 돌아갈지는 모르겠어. 아니, 어쩌면 그 이전과 같을 수는 없을 거야. 하지만 노력할게. 아빠를 위해서라도. 그리고 너와 나를 위해서라도. 그래서 말인데, 우리 이사 가자. 이 동네 말고 햇빛 잘 드는 환한 데서 새롭게 살자."

나는 말없이 엄마를 바라봤다. 저 말을 할 때까지 엄마는 얼마나 힘들었을까? 그동안 똑바로 본 적 없던 엄마의 얼굴이 그제야 제대로 보였다. 힘들었던 시간을 말해 주듯 엄마의 얼굴에는 주름이 늘었고, 기미는 더 짙어졌다. 그런 엄마가 안타까워 천천히 고개를 끄덕였다. 그러고는 작게 숨을 들이쉰 후, 조용히 한마디 읊조렸다.

"응, 나도…. 그만할래."

엄마는 그 말이 무슨 뜻이냐고 묻지는 않았다. 무엇을 그만두는지, 왜 그런 결심을 했는지 캐지 않았다. 나도 애써 설명을 덧붙이지 않았다. 대신 젓가락을 들어 식어 가고 있는 불고기를 집었다.

"금비야, 난 세상에서 네 엄마가 해 준 불고기가 제일 맛있더라. 넌 어때?"

아빠가 떠난 후 처음으로 아빠의 목소리가 가까이에서 들리는 듯했다. 그러자 입 가까이로 가져온 불고기 냄새가 따뜻한 숨결처럼 번졌다. 안심이 됐다. 오늘은 자해하지 않을 수 있을 것 같았다. 아니, 자해하지 않을 것이다. 그리고 내일도, 모레도. 아마 그럴 수 있을 것이다. 그럴 거다.

체육 수업이 있는 화요일이었다. 아침부터 긴장이 된 탓에 급기야 급식 땐 밥이 넘어가지 않았다. 5교시 체육 시간을 어떻게 할지 아직 결정을 내리지 못한 탓이었다. 긴팔을 입을 땐 소매로 손목을 가리면 됐지만, 이젠 그게 안 된다. 오늘부턴 반팔을 입어야 했다.

복도 끝에 있는 탈의실 앞으로 가는 걸음이 자꾸 느려졌다. 체육복을 무슨 피난민 보따리 안은 것처럼 꼭 껴안은 채, 벽에 붙어서 걸었다. 다른 아이들은 한시라도 빨리 갈아입으려는지 쟁탈하듯 문을 열고 들어갔다. 그러곤 들어가선 웃고 떠들며 옷을 갈아입었다. 이 사소한 일들을 이렇게 어렵게 하게 될 줄이야. '그럴 줄 알았더라면 자해를 하지 말 것을'이라고 생각했다가 핏, 소리를 냈다. 앞일을 예상하고 무엇을 할 정도라면 정상일 것이다. 그게 안 되니 늘 저질러 놓고 후회하고 자책을 하는 거겠지.

나는 순서를 기다리며 손가락으로 체육복 끝단을 만지작거렸다. '하나, 둘, 셋… 하나.' 다섯까지 세고 들어가려던 마음이 다시 '하나'로 돌아갔다. 안으로 들어가야 한다는 건 알고 있었지만 몸이 움직이지 않았다. 간신히 걸음을 옮겨 안쪽으로 들어가려 하자 친구들이 소리쳤다.

"야, 민지야. 이거 내 옷이잖아?"

"아, 몰라 몰라. 그냥 그거 입어."

"미쳤네. 왜 내 걸 입냐고!"

장난치는 아이들의 사소한 웃음소리가 문앞에서 뚝 발걸음을 멈추게 했다. 문을 열면 난 거울 앞에서 옷을 갈아입어야 할 테고, 그 옆에선 누군가 내 팔을 스치게 될지도 모른다. 그럼 소매 아래에 남은 선들, 나만 아는 낙인 같은 그것들이 다 드러나 버릴 것 같아 두려웠다.

꿀꺽. 마른침이 목구멍으로 간신히 넘어갔다. 체육복을 들고 있는 손이 살짝 떨렸다. 땀 때문인지 긴장 때문인지 모를 그 떨림은 가슴 안쪽까지 타고 올라왔다. 잠깐 뒤로 물러섰다. 나지막이 한숨이 나오고 내 몸은 어느새 옆 교실 방향으로 걸음을 옮기기 시작했다.

"선생님! 저 배가 아파서 체육 못 할 것 같아요."

가급적이면 하지 않으려던 이 말을 결국 내뱉었다. 하지만 무언가를 못 하겠단 말은 너무 익숙해서 자연스레 흘러나왔다.
체육 선생님이 내 얼굴을 찬찬히 들여다봤다.

"보건실에 가 있어."

나는 체육복을 품에 안은 채 고개를 꾸벅 숙였다.

보건실 앞 복도는 조용했다. 이미 수업이 시작된 터라 오가
는 사람도 보이지 않았다. 나는 조용히 보건실 문을 열었다. 미
닫이 문이 움직이면서 낡은 레일이 긁히는 소리가 들렸다. 날
카롭지도, 부드럽지도 않은 그 소리는 마치 조용한 공간에 누
가 온다는 걸 알리는 신호음 같았다. 나는 본능적으로 눈을 감
았다 떴다.

보건실 특유의 냄새가 코끝을 스쳐지나갔다. 고요함과 약품
냄새, 그리고 뭔가 오래된 냄새 같은 것.

"어디가 불편해?"

책상 앞에서 무언가를 하고 있던 보건 선생님이 나를 돌아
봤다. 비교적 짧은 물음이었지만 따지는 어투는 아니었다. 나
는 고개를 살짝 숙이며 말했다.

"배가 좀 아파요."

"그래? 혹시 그날이야?"

"그날이요? 아, 그건 아닌데 그 전조 증상 같아요."

아직 생리 날짜는 멀었지만 이것만큼 핑계 대기 좋은 건 없

　　　　　　　　　　　　　　　　임 지 형

었다.

"누워 있어. 찜질팩 가져다줄게."

난 가장 구석에 있는 침대로 갔다. 침대가 비좁았지만, 비좁아도 지금은 괜찮았다. 나는 조심스레 침대 위에 앉았다가, 얇은 이불을 배에 두르고 천천히 몸을 눕혔다. 차가운 매트리스의 느낌이 조금 선뜩했다. 천장에 매달린 형광등은 꺼져 있었지만, 보건실 안은 창문 틈 사이로 들어온 햇살이 흐릿하게 퍼져 있었다.

이불 속에 있는 손이 저절로 움직였다. 이불 아래에서 소매를 걷었다. 살결 아래, 빗금처럼 그어진 흉터와 멍이 가시고 있는 자국들이 있을 거다. 아무에게도 보이고 싶지 않은 그것들이 지금은 어쩌면 유일하게 진짜 같았다. 손으로 손목을 감쌌다. 꼭 쥔 손 안에서 서서히 심장 소리가 또렷이 울렸다.

쿵. 쿵. 쿵.

몸 안 어딘가에 미처 흘러가지 못한 감정들이 웅크리고 있는 것 같았다. 고인 물처럼 숨죽이고 있는 미움이 나를 바라보는 느낌었다. 감정을 꾹꾹 눌러 삼키다 보니, 통증도 감정도 무뎌졌는데.

지금 이 조용한 침대 위에서는 오히려 그것들이 하나씩 떠올랐다. 더 이상 외면할 수 없는 것처럼. 보건실 안의 시계가 째깍이며 초를 새고 있었다. 나는 눈을 감았다. 꾀병이지만 진짜 아픈 것처럼 한숨 자고 싶었다. 하지만 마음과 달리 잠은 쉬이 오지 않았다. 그때였다. 보건실 문이 조용히 열리는 소리가 들리더니 점점 발소리가 다가왔다. 찜질팩을 가져다주겠다던 보건 선생님이겠지 싶어 눈을 감은 채 그대로 있었다. 커튼이 한쪽으로 걷히는 소리가 들렸고, 익숙한 목소리가 들려왔다.

"안 아파 보이는데?"

말보다 숨소리에 가까운 무게로 조용한 목소리가 들렸다. 예림이었다. 나는 눈을 뜨지 않은 채 작게 중얼거렸다.

"그럼 그냥 피곤한 거겠지."

곧장 예림의 목소리는 들리지 않았다. 대신 이불 위에 무언가를 조심스럽게 올려 두었다. 눈을 떠 이불 위를 올려다봤다. 작은 봉투였다.

"붙여. 다치게 하고 싶은 자리가 있으면 거기에 붙여. 그럼 그 자리를 덜 미워하게 될지도 몰라."

나는 누운 채로 예림을 올려다봤다. 예림은 더는 말하지도 묻지도 않았다. 어쩌면 그게 예림일지도 모른다. 커튼이 다시 흔들리고, 곧이어 조용히 문 닫히는 소리가 들렸다. 보건실은 다시 고요해졌다. 나는 예림이 남기고 간 봉투를 끌어당겨 안에 있는 걸 꺼냈다.

작은 봉투 안에서 나온 건 달, 별, 고래, 나뭇잎 같은 타투 스티커였다. 각양각색의 타투 스티커를 보자 가슴 한가운데로 따

듯한 물이 흘러들어 출렁였다. 나는 예림이 남기고 간 스티커를 하나씩 만지작 거렸다. 스티커엔 어떤 온기도 없었다. 하지만 예림이 건넨 마음의 온도가 조용히 박히는 것 같았다.

나는 누운 채로 타투 스티커를 붙이는 방법이 적힌 설명서를 한참 들여다봤다. 이 스티커를 붙이려면 물이나 혹은 물티슈가 필요했다.

"배는 좀 어때?"

커튼이 옆으로 밀리면서 보건 선생님의 모습이 보였다. 선생님 손엔 찜질팩이 들려 있었다.

"조금 괜찮아요."

"이거 배에 대고 있을 테야? 아랫배가 따뜻하면 배앓이는 한결 낫거든."

내가 대답없이 고개를 끄덕였다. 그러자 선생님이 이불을 걷고 내 배 위로 찜질팩을 올려 뒀다.

"배에 올리고 나서 한숨 자면 좋을 거야. 그럼 자렴."

보건 선생님이 은은한 미소를 지으며 몸을 돌렸다.

"저기 선생님!"

막 커튼 밖으로 나가는 선생님을 불렀다.

"왜? 뭐 필요한 것 있어?"

"무, 물티슈요."

"어. 알겠어. 잠깐만."

예림이 준 타투 스티커 중 별과 달 모양을 꺼냈다. 그리고 손목 위에 붙였다. 그런 다음 보건 선생님이 가져다준 물티슈를 손목 위에 덮어 열을 세며 눌러 줬다. 빗금으로 얼룩진 손목에 처음으로 또 다른 빗금 대신 별과 달이 희미하게 떴다. 이상하게도 마음이 놓였다.

5

다치게 하고 싶은 자리가 있거든 붙이라며 준 작고 얇은 타투 스티커는 힘이 셌다. 덜 미워하는 정도가 아니라 마음의 닻처럼 작용했다. 그 위에 새겨진 작은 별 하나, 달 하나를 볼 때면 마음이 차분히 가라앉았다. 흔들리는 마음을 붙잡아 주는 마음의 부적 역할을 했달까.

그날 이후, 미미하게라도 불안으로 가슴이 뛸 때면 나는 조용히 손목을 들어 스티커를 바라봤다. 그러면 별 모양 스티커가 밤하늘의 별처럼 나를 보며 반짝였다. 그러곤 조용히 속삭였다.

"여기 있어. 괜찮아."

그 덕분에 불안으로 요동치던 시간들이 줄어들고 있었다. 들쭉날쭉 때에 따라 변형되던 일상이었지만 조금씩 달라지고 있었다. 엄마도 그래 보였다. 그 이전으로 완벽히 돌아가진 않았지만 변하려고 무던히 애쓰는 게 보였다.

"금비야, 이번에 이사 갈 집 거실 커튼을 뭐로 하면 좋을까? 이건 린넨 재질인데 햇빛은 부드럽게 들이면서 안은 잘 안 보인대. 그리고 이건 폴리에스터야. 구김도 덜 가고 관리하기 쉽대. 대신 광택은 좀 나나 봐."

엄마는 핸드폰으로 찍어 온 커튼 사진을 보여 줬다. 아직 이사를 간 것도 아닌데, 벌써부터 커튼을 고르나 싶어 잠깐 엄마 얼굴을 바라봤다. 애써 환하게 설명하고 있었지만, 그 미소 뒤로 피로가 묻어났다. 새 커튼을 고르는 일이 마치 하루를 견디기 위한 작은 의식처럼 보였다. 그러니까 여전히 엄마도 어떻게든 살아 내기 위해 버티는 중이었다.

"커튼? 따로 생각을 안 해 봤는데….."

"그러니까 한번 봐 봐. 아빠가 있었으면 바로 대답해 줄 텐데."

엄마가 말을 하다가 잠깐 멈칫했다. 무심결에 그간 나와 엄마 사이에 암묵적으로 발설하지 않던 금지어를 발설했다. 순간 놀랐다. 엄마의 입에서 아빠란 단어를 먼저 말하다니. 누가 먼저랄 것도 없이 슬픔의 무게 때문에 꺼내는 것이 너무 힘들었는데. 그런데 엄마가 먼저 아빠를 꺼내 놓았다. 그 덕에 오히려 마음이 놓였다. 어쩌면 이제 아빠의 존재는 살아 있을 때와 같은 느낌으로 남을지도 몰랐다.

     임 지 형

“엄마! 다 필요 없고 거실은 엄마 좋을 대로 해. 근데 내 방은 그냥 블라인드로 해 줘. 난 커튼보다 블라인드가 훨씬 좋아.”

명랑함이 전부 회복된 건 아니었지만, 나도 모르게 목소리가 조금 가벼워졌다. 그러자 엄마 얼굴에 작은 물결이 번지듯 오랜만에 부드러운 미소가 잔잔히 번져 나갔다.

손목 위에 붙인 별과 달을 가끔 쳐다봤다. 상처를 들킬까 봐 소매를 끌어당기느라 눈길을 줬던 때와는 달랐다. 늘 불안과 긴장 속에 살던 내 표정은 점점 나아졌다. 예림이 그걸 느꼈는지 체육 시간만 되면 탈의실에 함께 가자 했다.

탈의실에서 예림이 내게 말했다.

“손목에 별과 달이 떠 있어서 그런가 네 표정이 환하다?”

“그래?”

“응. 보기 좋아. 그 말이 맞나 봐. 별은 어두울수록 더 밝게 빛난다는 말.”

예림의 말에 내가 눈을 동그랗게 뜨고 바라봤다.

“왜? 뭐? 나도 어디서 들은 말이라고.”

“누가 뭐래?”

내가 피식 웃자 예림이 뚱뚱한 표정으로 먼저 옷을 갈아입으라고 자리를 양보했다. 타투 스티커를 챙겨 준 후로는 사소한 것들이지만 살뜰하게 챙기는 느낌을 자주 받았다. 그럴 때마다 왜 그럴까 생각이 들었지만 굳이 묻지는 않았다.

예림과 나는 옷을 갈아입은 후 운동장으로 나갔다. 오늘 햇볕은 유난히 눈이 부셨다. 운동장으로 나온 아이들 중 절반 이상이 그늘에 모여 있었다.

"나 궁금한 거 있어."

"뭔데?"

예림이 나를 향해 돌아봤다. 나는 그늘 쪽에 있는 애들을 일별한 후 다시 돌아봤다.

"넌 나한테 왜 잘해 줘?"

진즉부터 묻고 싶었던 말이었다. 우연히 복도에서 마주친 후 여태 말없이 나를 지켜봐 준 것, 때에 따라 내 마음을 어루만져 주는 특별한 이유라든가 그리고 이젠 사소한 것까지 살뜰히 챙기는 이유까지.

"그냥."

"그냥? 이유가 없다고?"

내 머릿속의 이러저러한 의문의 답변치곤 지나치게 짧았다. 아니 너무 단순했다.

"네가 어둠 속에 있어서 그런지 내 눈에 더 잘 띄더라고. 그래서 빛나게 해 주고 싶은 마음이랄까. 그리고 사실…."

예림이가 말을 하다 말고 나를 돌아봤다. 늘 무심한 표정과 말투를 가졌던 예림의 얼굴에 약간의 그늘이 드리워졌다.

"예전에 친구 중에 너 같은 아이가 있었어. 그런데 그때 내가 그 친구를 모른 척했어. 그 아이의 상처를 봤는데, 솔직히 어떻게 해야 할지 몰라서 외면했거든. 근데 그 아이가 나중에…."

예림의 목소리가 목이 메인듯 울먹이며 말을 잇지 못했다. 살짝 당황스러웠지만 그제야 그간의 예림의 모든 행동이 이해가 됐다.

"아무튼 너는 지키고 싶었어."

"…."

나는 더 이상 아무 말 하지 못했다. 다만 예림이 챙겨 준 덕분에 붙인 손목 위의 별 스티커를 쳐다봤다. 선명하던 별들이 조금씩 흐려지고 있었다. 하지만 내 눈엔 여전히 선명해 보였다. 그 자리는 더는 다치고 싶지 않은 자리, 약속의 자리였기 때문이다.

"약속해 줘. 그 어느 때라도 네가 널 지키겠다고."

예림의 말은 부드러웠지만 단호했다. 마치 내 가슴에 단단하게 뿌리라도 내릴 것처럼.

나는 그 말을 곱씹으며 조용히 고개를 끄덕였다. 스티커는 언제든 지워질 수 있지만, 그 말만은 오래도록 지워지지 않기를. 언젠가 흔들리는 날이 와도 다시 꺼내어 붙잡을 수 있기를.

그 말이 내 안에서 조용히 빛나며, 나를 다시 일으켜 세워 주기를. 내 안에 꾹꾹 눌러 담았다. 어느새 손목 위의 별은 내 가슴 속에서 빛나고 있었다.

"응. 약속할게."

하굣길이었다. 구름이 낀 오후였다. 엄마에게 이사할 집에 가 보자는 연락을 받고 서둘러 가던 중이었다. 신호등이 초록으로 막 바뀌려고 할 때에 성큼 횡단보도에 발을 내밀었다. 무심코 횡단보도 위를 봤다. 발 디딜 자리에 움푹 패인 구멍이 보였다. 그 순간이었다. 발밑 어딘가에서, 무언가 갈라지는 듯한 소리가 환청처럼 들렸다. 누가 귀에 대고 속삭인 것도 아닌데, 그 소리는 땅속에서 올라온 듯 생생하게 느껴졌다. 눈 앞이 흔들렸다. 아스팔트가 갈라지고, 검은 틈이 거미줄처럼 퍼져 나가는 환영이 눈앞에 떠올랐다.

금이 간 지면 아래로 아빠가 서 있던 그 길이 눈앞에 겹쳐졌다. 순식간에 꺼진 땅, 사라진 사람들. 순간 숨이 멎는 듯한 공포에 휩싸였다. 심장이 너무 빠르게 뛰어서 어디로 도망쳐야 할지도 알 수 없었다. 그 순간 무릎이 꺾였다. 주변 소음이 멀어지고, 머릿속 하얀 소리와 함께 그대로 횡단보도에서 주저앉았다.

지나가던 사람이 놀라서 다가왔다.

"괜찮아요?"

목소리가 잘 들리지 않았다. 소음 위에 얹힌 다른 차원의 목소리 같았다. 난 고개를 숙였다. 몸이 떨렸다. 몸 안 어딘가 아직도 아빠가 사라지던 날이 남아 있었던 모양이다. 많이 나아졌다고 생각했는데, 여전히 내겐 시간이 필요했다.

결국 나는 지나가던 사람의 부축을 받아 길가로 나왔다. 마침 걸터앉을 돌이 있어 그 자리에 앉았다. 그리고 여전히 떨리는 몸으로 더듬더듬 예림이 준 스티커를 찾았다. 저 멀리 편의점이 보였다. 천천히 일어나 편의점 안으로 들어가 물을 하나 샀다.

숨도 안 쉬고 물을 벌컥벌컥 들이켰다. 그리고 남은 물로 손목 위에 스티커를 붙였다. 다닥다닥. 예림의 마음을 붙이듯 그렇게 별을 붙였다. 작은 빛 하나가 마음에 내려앉는데는 그리 많은 시간이 필요하지 않았다.

졸업식

장 강 명

장강명

신문기자로 일하다 2011년 『표백』으로 한겨레문학상을 수상하며 작품활동을 시작했다. 아내 김새섬 대표와 함께 온라인 독서모임 플랫폼 '그믐'(www.gmeum.com)을 운영한다. 한겨레문학상, 문학동네작가상, 오늘의작가상, 수림문학상, 제주4.3평화문학상, 젊은작가상, 이상문학상, 심훈문학대상, SF어워드 우수상 등을 받았다. 장편소설 『열광금지, 에바로드』『호모도미난스』『한국이 싫어서』『그믐, 또는 당신이 세계를 기억하는 방식』『댓글부대』『우리의 소원은 전쟁』『재수사』(전2권), 연작소설 『뤼미에르 피플』『산 자들』, 소설집 『당신이 보고 싶어하는 세상』, 르포 『당선, 합격, 계급』『먼저 온 미래』 등을 출간했다.

1

가족이 길을 떠납니다.

가족은 비둘기를 만납니다.

비둘기는 닭과 같은 곳에 있죠.

닭은 여섯 마리입니다.

나는 어디에 있을까요.

"아무 뜻 없는 시일지도 몰라."

수지는 커피를 마시며 중얼거렸다. 창밖, 그녀의 정면으로 해가 구름 위로 장엄하게 떠오르는 중이었다. 자동조종 시스템이 전망창의 불투명도를 조절해 햇빛이 지나치게 강렬하지는 않았다. 수지가 탄 비행 크루즈는 지상에서 800미터 위를 날고 있었다.

"아무 뜻 없는 시일 거야."

수지는 다시 중얼거렸다. 그런 말로 자기의 불안을 다스리고 싶었다. '이 시에 아무 뜻이 없으면 어떻게 하지?' 하는. 혹은 '내가 궁리해 낸 여러 해석이 다 틀렸으면 어떻게 하지?' 하는.

"일찍 일어났네유."

뒤에서 미아가 걸어왔다. 미아는 기분이 좋을 때 '했네유' 하는 코믹하고 예스러운 말투를 쓰곤 했다. 그녀는 침대에서 막 빠져나온 듯 부스스한 모습이었다. 미아는 18세 소녀라는 게 믿기지 않을 정도로 자기 외모에 초연했다. 수지는 그런 미아가 부러웠다. 미아가 남자아이들과 스스럼없이 어울리는 것도.

"이제 이 여행도 끝이라고 생각하니 기분이 싱숭생숭하더라. 내가 애들을 이렇게 끌어모았는데 면목도 없고."

수지가 말했다. 알게 된 지 고작 한 달인데, '여행'에 참여한 아이들과 참 친해졌다. 특히 미아에게라면 깊은 속마음도 털어놓을 수 있었다.

"그게 무슨 소리여유. 그리고 '여행'이 아니라 '조사'라고 하지 않았어?"

미아가 기지개를 켜면서 대꾸했다. 그녀는 커피 머신에서 에스프레소를 내리며 말을 이었다.

"네 아이디어 덕분에 다들 재미있게 한 달을 보낸걸. 진지한 이야기들도 많이 하고. 난 그걸로도 좋았어. 어른들하고는 이런 이야기 못 하잖아. 그 사람들한테는 늘 결론이 정해져 있으니까."

"인간이 최고다."

수지가 어른들이 말하는 결론을 읊었다.

"인간답게 사는 게 가장 좋은 삶이다."

미아가 어른들이 말하는 결론을 조금 길게 읊었다.

그들은 커피를 마시며 일출을 감상했다. 해가 다 뜨고 나서야 남자아이들이 갑판에 올라왔다. 금발을 치렁치렁하게 늘어뜨린 잭은 파자마 바지에 티셔츠 차림이었고, 토오루는 수영복에 가운을 하나 걸친 상태였다. 가운 사이로 드러난 근육이 단단해 보이긴 했지만 수지는 그에게 "옷 좀 입고 다녀"라고 핀잔을 주었다.

토오루는 대꾸할 말도 생각나지 않는 모양이었다. "아… 음…" 하면서 머리를 긁적이더니 냉장고 쪽으로 방향을 돌렸다. 두 소년 모두 전날 늦게까지 비디오게임을 했거나 술을 마셨거나 혹은 둘 다를 한 듯했다. 잭과 토오루는 공개 연애 중이었고, 잭은 열아홉 살이 되면 여성이 될 거라고 했다. 지구를 떠나지 않겠다는 말을 그렇게 돌려 한 건지도 몰랐다.

수지는 인생의 어느 시기에 남자가 되어 보는 것도 나쁘지 않겠다고 생각했다.

그녀가 열아홉 살 이후에 지구에 남는다면.

수지는 중학교를 졸업할 때까지 역사를 제대로 배우지 못했는데, 자신이 역사를 제대로 배우지 못했다는 사실조차 몰랐다. 미아도, 잭도, 토오루도 마찬가지였다.

엄밀히 말하면 그들은 중학교에서 근대까지만 배웠고 현대를 배우지 않았다. 중학교에서도 고등학교에서도 주로 배운 과목은 철학과 문학, 그 외 예술들이었다. 수지는 옛날 학생들은 역사를 따로 역사라는 이름으로 배웠다는 사실을 최근에서야 깨닫고 놀랐다. 그녀와 친구들은 역사사회학이라는 수업을 들었으며, 역사는 늘 현대사회와 결부된 내용만 조금 배웠다. 그래서 자신들이 배우는 역사가 전부 근대 이전 내용들이라는 사실을 눈치채지도 못했다. 고등학교 입학 전까지.

고등학교에 들어가서야 근대와 현대 사이에 '대(大)이탈'이라는 사건이 벌어졌음을 배웠다. 학교 선생님들뿐 아니라 주변 어른들까지 그런 거대한 사건을 자신들에게 숨겨 왔다는 사실에 수지는 가벼운 배신감마저 느꼈다. 고등학교 역사사회학 선생님은 중학생들이 감당하기에는 너무 끔찍한 사건이라 일부러 가르치지 않았다고 설명했다.

근대 말에 이르러 기술은 대부분의 사람들이 제대로 이해할 수 없는 수준까지 발전했고, 신기술을 낳는 기술까지 등장했다. 몇몇 '과학자'들은 끔찍하게도 인간 그 자체를 개조하는 작업에 착수했다. 이해할 수 없는 수준으로 발전한 기술로 개조

한 인간은 더 이상 인간이라 부를 수 없는 존재, 상상하기에도 벅찬 존재가 되었다. 그들은 인간으로부터, 인간성으로부터 이탈했다.

인간성을 지킨 인간들과 이탈자들은 같은 장소에서 살 수 없었다. 몇몇 분쟁은 전쟁으로 이어졌다. 인공지능과 나노기술 무기로 수없이 많은 사람이 죽었고, 유전공학으로 만든 신종 질병 때문에 그보다 더 많은 사람이 죽었다. 아이를 갖지 못하는 병이 퍼지면서 두 세대 만에 남은 인구의 95퍼센트 이상이 감소했다. 결국 이탈자들이 지구를 떠나기로 했다. 아주 멀리, 인간이 닿을 수 없는 곳으로(태양계 밖일까?). 인간에게 필요 없는 기술과 함께.

인간과 이탈자들은 앞으로 서로의 사회에 개입하지 않기로 약속했다. 서로의 영역에 물리적으로 침범하지 않는 것은 물론이고 상거래나 정보 교류조차 하지 않기로 합의했다. 그런데 거기에는 묘한 단서 조항이 있었다. 양쪽에서 새로 태어나는 사람들이 열아홉 살이 되면 인간의 세계에 있을 건지, 이탈자의 세계에 있을 건지 선택하게 하자는 것. 근대 마지막 시기 인간과 이탈자들의 약속은 그때 이미 태어난 존재들 간의 합의였다. 아직 태어난 존재들의 운명은 그들이 직접 정해야 하지 않겠는가? 단서 조항을 둔 이유는 명목상으로는 그랬다.

그렇게 현대가 시작되었다. 이탈자들이 떠나고 난 뒤 지구를 온전히 차지한 현대인들은 어떤 기술은 채택하고 어떤 기술은 버렸다. 삶을 풍요롭게 하는 기술, 생활을 안전하게 하는 기술, 수명을 연장하는 기술, 선택의 폭을 넓혀 주는 기술, 그리고 그 기술이 제대로 작동할 수 있게 하는 기술은 전자였다. 이탈자들이 만들어 작동 원리를 이해하기 어려운 기술이라도 현대인은 과감하게 채택했다. 반면 사람을 공격하거나 괴롭히는 기술, 환경과 생태계를 해치는 기술은 금지되고 잊혔다.

새로 태어나는 아이들은 중학교를 졸업할 때까지 인간다움을 기르는 교육을 받았다. 철학과 문학, 예술 과목들이 거기에 해당했다. 와이즈넷은 제한적인 범위로만 접속할 수 있었다. 고등학생이 되어서야 역사사회학 과목에서 비로소 대이탈에 대해 배웠다. 고등학생들은 3학년까지 이탈은 왜 논리적으로 또 윤리적으로 옳지 않은가, 이탈자를 막기 위해 나라면 어떻게 하겠는지, 인간에게는 어떤 기술이 필요한지 같은 문제를 교실에서 토론했다. 와이즈넷도 더 폭넓게 사용할 수 있었지만, 여전히 제한은 있었다.

고등학교 4학년이 되면 드디어 와이즈넷에 무제한적으로 접속할 수 있었다. 교실에서 받는 수업도 더 이상 없었다. 각자 논문을 준비하거나 탐사 과제를 정해 그걸 수행했다. 그리고 고등학교 4학년을 마칠 때, 다시 말해 열아홉 살이 될 때, 학생들은 이탈자의 영역으로 갈지 아니면 지구에 남을지를 결정했

장 강 명

다. 그날이 바로 졸업식이었다.

***

"플리머스에 곧 도착합니다. 이 지역은 야생 구역입니다. 야생 구역에 머무는 사람은 안전을 위해 상시 위치 추적을 받습니다."

비행 크루즈의 컴퓨터가 안내했다. 수지, 미아, 잭, 토오루는 전망창 앞에 서서 플리머스를 내려다보았다. 기본적으로는 그들이 한 달 동안 보아온 근대 도시들의 폐허와 같았다. 울창한 숲 위로 콘크리트 빌딩 잔해가 삐죽삐죽 솟아 있었다. 나무가 없는 초원 지대가 다른 옛 도시 지역보다 조금 많다는 차이가 있을 뿐이었다.

잭이 컴퓨터에게 정확히 플리머스가 어디서부터 어디까지냐고 물었고, 그러자 전망창에서 플리머스에 해당하는 구역이 푸른빛으로 잠시 빛났다가 사라졌다.

"저 넓이에 13만 명이 살았다는 거지? 옛날 도시들 볼 때마다 그 인구 밀도에 놀라. 어떻게 그렇게 다닥다닥 붙어 살 수 있었을까."

잭이 말했다. 옆에서 미아가 몸서리치는 시늉을 하더니 호탕하게 웃음을 터뜨렸다. 하지만 따라 웃는 사람은 아무도 없었고, 토오루는 과거에는 인구가 무려 1000만 명에 이르는 대

도시 지역도 세계 곳곳에 있었다고 심각하게 말했다.

근대 말에 플리머스라는 도시는 세 곳 있었다. 그중 가장 큰 도시는 영국이라고 하던 나라에 있었고, 인구는 30만 명이 넘었다. 가장 작은 도시는 카리브해의 몬트세랫이라고 하는 작은 섬에 있었다.

수지 일행이 찾은 플리머스는 북미 대륙 동부에 있는 플리머스였다. 이 플리머스가 다른 플리머스와 다른 점은, 근대 말에 제품 이름이 '도브'(비둘기)이고, 상표에도 비둘기 로고가 그려진 유명한 비누를 만드는 회사의 공장이 있었다는 점이다. 공장 건물은 여섯 동으로 되어 있었다. 플리머스는 닭의 품종 이름이기도 하다.

"가족은 비둘기를 만납니다. / 비둘기는 닭과 같은 곳에 있죠. / 닭은 여섯 마리입니다."

앙리 바라스가 쓴 걸로 추정되는 시에는 가족, 비둘기, 닭, 여섯이라는 명사가 나온다. "가족은 비둘기를 만납니다"라는 말은, 가족 중 누군가가 비둘기 비누를 쓰게 됐다거나, 비둘기 비누를 만드는 회사에 취직했다는 의미일까? "비둘기는 닭과 같은 곳에 있"다는 문장은, 혹시 비둘기 비누를 만드는 기업이 플리머스에 있음을 뜻하는 게 아닐까? "닭은 여섯 마리입니다"라는 문장과 비둘기 비누 공장 건물이 여섯 개라는 사실은 어떤 연관이 있는 것 아닐까?

　　　　　　　　　　　　　　　　장 강 명

억지스러운 추정이라는 것은 수지도 알았다. 자신이 올린 글을 보고 미아와 잭, 토오루가 찾아왔을 때 그 점을 분명히 했다. 어쩌면 자기 논리의 약점을 그렇게 먼저 인정했기 때문에 미아, 잭, 토오루도 수지를 더 믿게 되었는지도 모르겠다.

"앙리 바라스가 그냥 대충 몇 가지 키워드를 컴퓨터에 집어넣어서 만든 시일 수도 있어. 읽는 사람도 컴퓨터로 해독할 거라고 생각하고 말이지. 그러니까 꼭 인간적인 논리에 얽매일 필요는 없을지도 몰라."

미아는 그렇게 말했다. 수지는 그 말에 전적으로 동의하지는 않았다. 그냥 자신의 추리가 틀렸으리라 생각한다. 어쨌든 다른 방법이 없다. 너무 실망하지 말자고 다짐하면서 확인해 보는 수밖에. 그녀는 이 작은 모임의 리더였다. 리더답게 목표와 구체적인 방법론을 제시하고, 민주적인 방식으로 다른 사람들의 동의를 구하고, 무리한 것을 요구하지 않고, 먼저 행동하자. 수지는 그렇게 다짐했다.

"컴퓨터, 인간 활동 같아 보이는 활동이 몇 개나 있는지 보고해."

수지가 말했다.

"플리머스 내 17곳의 활동이 인간에 의한 것일 가능성이 있습니다."

컴퓨터가 전망창에 플리머스 지도를 띄우고, 17개 지점을 붉은 점으로 표시했다. 수지 일행은 그 지점들을 간단히 살피고 토론했다. 몇 분 뒤 컴퓨터가 한 곳이 추가되었다며 붉은 점하나를 더 표시했다.

토론을 마친 일행은 비행 크루즈를 플리머스의 초원에 착륙시켰다. 수지는 고개를 돌려 미아, 잭, 토오루를 향해 말했다.

"그럼, 나가 볼까? 마지막으로 확인해 보자."

세계 인구는 200만 명 정도였고, 그 중 절대다수가 네 지역에 살았다. 유럽 서부 해안 지역과 지중해 일대 일부, 북미 대륙 서안 중 일부, 그리고 오스트레일리아 동해안. 기후가 온화하고 지진이나 화산이 발생하지 않아 거주 구역으로 지정된 땅들이었다. 그 외에는 공원 구역을 여행하거나 거주 금지 구역에 연구 목적으로 머무는 사람들이 극히 일부 있을 뿐이었다. 사람들이 모여 살아야 인프라를 건설하거나 유지하는 데 드는 비용이 적게 들고 그만큼 환경에 대한 부담도 줄일 수 있다.

한 해에 태어나는 아이는 1만 명 정도였다. 현대인의 생일은 모두 3월 1일이다. 그렇게 되도록 수정란이 인공 자궁에서 분열을 시작하는 시기를 조정한다. 생일이 다른 채로 같은 교실에서 한 학년으로 생활하면 늦게 태어난 아이들이 어릴 때 여러 가지 핸디캡을 져야 하기 때문이다. 사람들은 모두 여섯 살 생일에 초등학교에 입학하고, 열두 살 생일에 중학교에 입학했다. 고등학교에 입학하는 날은 열다섯 살 생일이었고, 고등학교를 졸업하는 날이자 지구에 남을지 이탈자들에게 갈지 정하는 날은 열아홉 살 생일이었다. 사람들은 모두 그렇게 같은 날 생일을 축하했고 같은 날 의식을 치렀다.

학생들은 졸업식 날 저녁에 AI 에이전트로 지구에 남을 건지를 묻는 짧은 메시지를 하나 받는다고 했다. 그 질문은 이탈자들의 세계는 언급하지 않는다고 했다. '네'라고 대답하면 지구에 남을 수 있다. 옆에서 기다리고 있던 가족들이 비로소 초조한 기색을 지우고 활짝 웃으며 준비한 축하 파티를 시작할 것이다. '아니오'라고 대답하는 졸업생에게는 AI 에이전트가 같은 질문을 한 번 더 던지며 확실한지를 묻는다고 했다. 다시 한번 '아니오'라고 대답하면, 당장은 아무 일도 일어나지 않는다. 하지만 며칠 뒤 혼자 있을 때, 아무도 예상하지 못하는 순간에, 이탈자들의 세계로 육체가 전송된다고 했다.

수지는 과거에 이탈리아라고 부르던 곳에서 자랐다. 학교에서 사귄 친구들도 지중해 일대 소년소녀들이었다. 과목과 학년에 따라 가상 교실에 아바타로 참석하기도 했고, 기숙사 생활을 하며 어울리기도 했다. 다른 학생들 역시 수지와 비슷하게 자랐고, 그래서 고등학교 4학년 연구 과제로 다른 거주 지역이나 공원 구역을 탐방하겠다는 목표를 제출하는 학생이 많았다.

수지는 동급생들과 비슷하면서도 다른 연구 목표를 세웠다.

앙리 바라스를 찾겠다는 것. 보다 정확히 말하자면, 30년 전에 자신이 앙리 바라스라고 주장한 인물을 찾겠다는 것. 수지는 앙리 바라스라고 자처한 아이디가 자신이 있는 위치에 대한 힌트라며 올린 시를 해독하지는 못했다. 하지만 그 시를 해독하는 여러 가지 방법을 평가할 수 있는 틀을 만들었다. 간단한 착상이었다.

수지는 그런 내용의 연구 프로젝트를 교육부에 제출하면서 예산 지원을 요청했다. 안에서 한 달간 생활이 가능한 비행 크루즈와 지구를 한 바퀴 정도 돌 수 있는 연료, 넓은 지역에서 추적을 도와줄 무인 드론 수십 대, 초원이나 밀림, 혹은 산악 지형에서 타고 다닐 개인용 비행 바이크 등이었다.

교육부는 한 사람에게 그렇게 많은 자원을 지원할 수는 없다며, 일행이 4명이 되면 허락하겠다고 답변했다. 수지는 프로젝트 설명문을 와이즈넷에 올리고 동참할 동년배를 찾았다. 오스트레일리아 동해안에서 미아가, 유럽 서부 해안에서 잭과 토오루가 함께하자고 답장을 보내왔다.

2

"P-14 지점 확인 완료했습니다. 캠핑 여행을 온 가족입니다. 사생활 보호 규정에 따라 신원은 밝힐 수 없습니다만 이 가족 중 한 사람이 앙리 바라스일 가능성은 거의 없습니다."

"P-5 지점 확인 완료했습니다. 이 지역에서만 나는 꽃을 키우는 소규모 무인 온실입니다. 온실에서 일하는 휴머노이드 로봇과 배출되는 이산화탄소, 전기 이용량 때문에 인간 활동으로 착각한 것 같습니다. 재배하는 작물이나 온실 규모는 기업 보안 규정에 따라 밝힐 수 없습니다만 여기에 사람은 없습니다."

드론들이 띄엄띄엄 보고를 하는 동안 수지 일행은 랜턴과 태블릿 PC를 들고 로봇 두 대와 함께 폐공장을 조사했다. 앙리 바라스, 혹은 앙리 바라스를 자처한 자가 폐공장에 남겼을지도 모를 흔적을 찾아서였다. 그 시가 와이즈넷에 올라온 것도 30년 전이다. 30년 전에는 앙리 바라스가 이 폐공장에 있었을

지도 모르지만 같은 장소에서 30년 동안 사람들을 기다리지는 않았을 것이다. 어쩌면 앙리 바라스가 새로운 수수께끼를 이곳에 남겼을 수도 있다.

"가능성이야 뭐든지 다 있지유. 앙리 바라스의 미라가 여기 있을 수도 있지유."

미아가 그렇게 말하고는 휘파람을 불었다.

공장 건물 하나를 조사하는 데 서너 시간이 걸렸다. 수지 일행은 태블릿 PC의 스캐너 기능을 켜고 벽을 온통 뒤덮은 덩굴 식물 아래를 꼼꼼히 조사했다. 벽에 낙서들이 많았는데 당장 해독하기는 어려워서 엑스레이 촬영만 잔뜩 해 두었다. 거대한 원통형 탱크들 사이를 걷는 기분은 어쩐지 으스스했다. 계단이 부서지기 직전인 곳이 많아 로봇이 먼저 올라갔는데, 그러다 정말로 계단이 무너져 로봇 한 대가 한 층 아래로 추락했다. 그 광경에 토오루가 새된 비명을 지르고는 한동안 멋쩍어 했다.

세 번째로 들어간 공장 건물에서는 곰을 마주쳤다. 모두 몸이 얼어붙어 꼼짝 못 했고 심지어 곰도 놀란 듯 움직이지 않았다. 잠시 뒤 곰이 고개를 돌려 물러나자 다리가 풀렸다.

"곰이 왜 여기 있지? 곰도 지붕 아래 있는 걸 좋아하나?"

잭이 바닥에 주저앉으며 말했다.

"오늘은 여기까지 하자. 하루치 일은 충분히 한 거 같다."

수지가 말하자 모두 고개를 끄덕였다.

　다소 쌀쌀한 온도였지만 공기가 상쾌해 비행 크루즈 밖에서 야영을 하기로 했다. 둥그렇게 테이블과 의자를 가져다 놓고 모닥불을 피웠다. 로봇들이 합성음식 요리가 담긴 접시를 비행 크루즈의 조리실에서 들고 왔다. 잭과 토오루는 맥주를 마셨고 수지는 식사를 하는 틈틈이 낮에 촬영한 엑스레이 영상들을 검토했다.

　"만약 정말로 앙리 바라스를 만난다면 뭘 물어보고 싶어? 딱 하나만 물을 수 있다면 말이야."

　미아가 물었다. 딱히 누구를 지목하고 던진 질문은 아니었다. 지난 한 달 동안 앙리 바라스에 대해 그토록 여러 번 이야기를 했는데 아직도 질문거리가 남았다는 사실이 신기했다.

　"전설이 된 기분이 어떤지 물어보고 싶네. 천년 넘은 도시 전설이잖아."

　"그래. 어떻게 그렇게 숨어 다닐 수 있었는지 궁금해. 주변 사람들한테 자기 정체를 알리지 않으며 그 긴 시간을 산 건데 외롭지 않았는지도 묻고 싶고."

　잭과 토오루가 순서대로 말했다.

　"너는, 수지?"

　미아가 그렇게 물으며 수지를 똑바로 쳐다보았다. 모닥불 때문인지 그녀의 모습은 여느 때와 달라 보였다. 평소의 장난기가 사라진 얼굴은 무척 어른스러워 보였다.

"이탈자들이랑 합의 과정에 대해 묻고 싶어. 학교에서는 지금 합의 결과가 엄청나게 합리적이고 우리에게 최고이자 최선인 것처럼 이야기하잖아. 그런데 설마 인류가 요구하는 걸 이탈자들이 다 들어줬을까? 분명히 주고받기가 있었을 텐데 이탈자들에게 뭘 양보했는지 궁금해."

수지의 말에 토오루는 눈을 동그랗게 떴다. 그런 생각은 한 번도 해 보지 못한 게 틀림없었다.

"인류가 요구한 걸 다 들어주지 않았을까? 이탈자들이 인류한테 아쉬울 게 뭐 있었겠어. 지구를 통째로 버리고 떠났는데."

미아가 말했다. 수지는 어쩌면 이탈자들에게는 태양계 밖에 새로운 지구를 만들 기술력이 있을지도 모른다고 생각했다.

"너는? 넌 뭘 물어보고 싶어?"

수지가 미아에게 물었다. 미아는 잠깐 고개를 갸웃하더니 장난기 어린 얼굴로 대답했다.

"왜 고등학교를 4학년까지만 다니게 했는지 물어보고 싶네유. 5학년이나 6학년, 아니 10학년을 마치고 나서 졸업하게 해도 됐을 텐데."

"뭐야, 그게."

"아니, 정말이야. 지구에 남을지 남지 않을지를 열아홉 살에 결정하는 건 좀 이르다고 생각하지 않아? 한번 결정하면 무를 수도 없는데. 그걸 마흔 살이나 쉰 살에 결정하게 했다면 더 낫

장 강 명

지 않았을까?"

미아가 말했다. 이번에는 수지의 눈이 동그래졌다. 그런 생각을 해 본 적이 없었다. 빨리 어른이 되고 싶다, 성인으로 인정받고 싶다는 생각만 해 왔다.

인류가 이탈자들과 협상을 한 것은 1059년 전이다. 양측은 1058년 전에 최종 합의에 이르렀다. 이후에 태어난 아이들이 열아홉 살 생일에 지구에서 인류와 살지, 지구 밖에서 이탈자들과 살지를 스스로 결정한다는 합의도 그때 나왔다.

인류 측에서 협상에 참여하고 합의문 초안을 실질적으로 만든 이들은 6명이었는데, 그들을 6인 위원회라고 불렀다. 그 6명은 정치 지도자와 학자들이었고, 그중 3명이 현재는 사망한 상태다. 한 사람은 스키를 타다 나무에 부딪혀 숨졌고, 2명은 스스로 죽음을 선택했다. 다른 2명은 여전히 강연과 저술 작업을 하며 활발하게 활동하고 있다. 그들의 강연과 저술은 표현은 다르지만 메시지는 늘 같다. 이탈자들과의 합의 결과가 얼마나 현명하고 완벽한지를 설파하는 내용이다.

6명 중 한 명은 현재 어디 있는지 모른다. 죽었는지 살았는지도 모른다. 그는 합의 이후 100년 정도는 다른 위원들과 함께 이런저런 자리에 불려 다니고, 이런저런 모임에 얼굴을 들이밀었다. 그러다 진력이 났는지 어느 날 갑자기 자취를 감췄다. 많은 사람들이 그의 행방을 궁금히 여겼는데, 특히 그가 인류와 이탈자들의 '대합의' 결과에 대해 어딘가 미온적인 반응을 보였기 때문에 더 그랬다.

그가 바로 앙리 바라스였다. 정치철학자이자 사회비평가이고 '인간성을 지키는 사람들'을 비롯해 여러 시민단체의 공동 대표였던.

앙리 바라스는 어느 순간부터 책을 쓰지도 않았고, 행사에 참석하지도 않았다. 은둔 성향이 있던 그가 외진 곳에서 사고를 당해 사망했으리라는 말이 돌았고, 사실 그게 가장 합리적인 추측이었다. 그러나 시간이 지나면서 앙리 바라스가 신분을 바꾸고 다른 사람 행세를 하며 살고 있다거나, 반대로 대합의의 비밀을 폭로하려다 들켜서 비밀 결사에 의해 살해당했다거나 하는 음모론이 나돌았다. 이탈자들과 몰래 자신만의 채널로 교신해 오던 그가 마침내 이탈자들에게로 떠났다는 음모론도 인기였다.

그러다 30년 전 자신을 앙리 바라스라고 주장하는 어떤 인물이 익명 게시판에 글을 올렸다. 제정신 박힌 사람들 대부분은 그 글쓴이를 사기꾼이라고 여겼다. 모습을 드러낸 적도 없고, 자기가 앙리 바라스임을 입증할 증거를 제시하지도 않았기 때문이다. 그럼에도 불구하고 적어도 그 인물은 한창 때의 앙리 바라스처럼 글을 쓰기는 했다. 그리고 대합의 이전 시대를

　　　　　　　　　　　　　　　장 강 명

겪은 사람만이 체험할 수 있는 것들을 생생히 묘사했다.

게다가 글 내용이 무척 논쟁적이었다. 대합의의 세부 사항들이 학교에서 가르치는 것처럼 숙의 끝에 나온 현명한 결정이 아니라 임기응변의 결과였다든가 당시의 사소한 정세 때문이라고 주장했다. 몇몇 사람들은 글쓴이가 그런 도발적인 내용의 글을 쓰기 위해 앙리 바라스라는 이름을 빌려 왔다고, 그러니까 그 글들이 일종의 풍자적 픽션이라고 해석했다.

정체를 밝히라는 요구를 받았을 때 자칭 앙리 바라스는 자기가 있는 곳으로 와서 확인하라고 대답했다. 자신이 어떤 실내 공간에 있으며, 그곳 벽에 자신의 AI 에이전트 연결 코드를 적어 놨으니 그걸 보고 연락하면 된다고 했다. 그러면서 이후 30년 동안 수많은 도시 전설의 재료가 될 시를 게시판에 올렸다.

가족이 길을 떠납니다.
가족은 비둘기를 만납니다.
비둘기는 닭과 같은 곳에 있죠.
닭은 여섯 마리입니다.
나는 어디에 있을까요.

앙리 바라스의 글은 그렇게 몇 개월 정도 올라왔고, 처음 올라왔을 때와 마찬가지로 갑작스럽게 중단됐다. 자칭 앙리 바라스가 일으킨 와이즈넷 논쟁도 그렇게 끝났다. 앙리 바라스를 사칭하는 사람들의 글은 꾸준히 올라왔다. 그러나 30년 전 올라왔던 한 무더기의 글에 비하면 뾰족함도, 치열함도 떨어졌다. 수지는 자기가 그 글들의 차이를 알아볼 수 있다고 생각했다.

"인간 활동을 확인했습니다. 상대의 AI 에이전트가 응답을 거부하기 때문에 신분은 파악할 수 없습니다만 사전에 입력한 프로필과 몇 가지 사항이 일치합니다. 연구자도, 단기 여행자도 아닙니다. 최소 30개월 이상 혼자 생활한 성인 남성입니다. 불법적으로 수렵과 채취를 한 듯한 흔적도 확보했습니다."

다섯 번째 공장 건물을 조사하고 있을 때 P-13 지점으로 보낸 드론이 보고를 해 왔다. 미아가 재빨리 자기 AI 에이전트로 드론에 접속해 촬영 영상들을 다 같이 볼 수 있게 공중에 띄웠다.

"뭐야⋯. 역사책에 나오는 사람처럼 생겼네."

토오루가 놀란 어조로 말했다. '역사책에 나오는 사람처럼'이라는 말뜻은 입체 영상 속 남자가 역사책에 나오는 앙리 바라스를 닮았다는 뜻이 아니었다. 그가 역사책에 나오는 인물들처럼 늙었다는 말이었다.

"저 주름살 좀 봐. 늙은 사람이 살아 있는 걸 보는 건 처음이야."

잭이 말했다. 옆에서 미아가 "징그러워"라고 중얼거렸다. 사실 주름살이 가장 큰 문제는 아닌 듯했다. 입체 영상 속 인물은 머리카락과 수염이 덥수룩했고, 잘 씻지 않은 게 분명했다. 옷차림도 남루했고 솔기가 뜯어져 있기까지 했다.

"뭐지, 저 사람?"

"앙리 바라스처럼 생기진 않았는데…."

아이들이 떠드는 사이 갑자기 드론이 보내오는 영상이 갑자기 끊겼다. 여러 번 재접속을 시도했지만 되지 않았다.

"어떻게 하지?"

잭과 토오루가 서로 얼굴을 바라보더니 수지를 향해 물었다. 미아는 볼에 바람을 넣어 빵빵하게 불렸다. 어떻게 하긴 뭘 어떻게 해. 당연히 가서 확인해 봐야 하는 거 아니야? 수지는 그렇게 말하려다 입을 다물었다. 아이들이 내 결정을 기다리는 거구나. 내가 결정해야 하는 거구나. 수지는 자신이 리더라는 사실을 새삼 깨닫고 입술을 깨물었다.

"가 보자. 저 사람을 먼저 만나고 여기는 나중에 다시 살펴자. 건물이 도망가지는 않을 테니."

그들은 간단히 짐을 챙겨 비행 바이크를 타고 P-13 지점으로 갔다. P-13 지점은 탁 트인 호숫가였는데, 바위산과 활엽수림이 어우러진 주변 풍경이 대단히 아름다웠다. 호수 수면이

서쪽으로 기운 해의 빛을 받아 반짝반짝 빛났다.

"보트다. 여기 사람이 있어."

잭이 호수 한쪽을 표시한 이미지를 AI 에이전트를 통해 다른 아이들에게 전송하고 말했다. 잭이 전송한 이미지를 토오루가 얼른 확대해서 분석하고는 뭔가를 설명하려 했다.

"부상 장치가 없어. 본체가 직접 수면에 닿고, 프로펠러로 추진력을 발생시키는 물건이야. 저걸 타면 몸에 물이 꽤나 튈 수도 있고 자칫하면 가라앉을…."

토오루의 말이 끊겼고, 더 이어지지 않았다. 수지는 프로펠러가 무슨 뜻인지 찾아보려고 와이즈넷을 불렀으나 역시 연결이 되지 않았다. AI 에이전트 역시 작동하지 않는 것 같았다. 살면서 와이즈넷 연결이 끊기는 경험은 몇 번 해 봤다. AI 에이전트 없이 지내 본 시간도 몇 번 있다. 하지만 둘 다 작동하지 않은 적은 여태껏 단 한 번도 없었다. 가슴이 철렁했다.

수지 일행이 호숫가에 내려 다른 사람들도 통신이 끊겼는지, 왜 끊겼는지 물어보고 있을 때 천둥 같은 소리가 들렸다. 놀라서 소리가 난 쪽을 바라본 일행의 눈에 생경한 광경이 들어왔다. 머리와 수염을 길게 기른 늙은 남자가 긴 막대기를 들고 험상궂은 표정을 지은 채 이쪽을 노려보고 있었다. 막대기 끝에서 연기가 나고 있었다.

"저거… 총이야?"

장 강 명

토오루가 물었다. 수지는 새파랗게 질린 얼굴로 고개를 끄덕였다. 전쟁 다큐멘터리 영화에서 총을 본 적이 있었다.

***

앙리 바라스를 자처하는 인물이 남긴 시를 해석하는 것은 음모론과 도시 전설을 즐기는 이들의 놀이였다. 30년간 이런저런 해석이 나왔지만 제대로 된 것은 없었다는 뜻이기도 하다.

'가족이 길을 떠난다'는 말은 무슨 뜻일까? '가족'은 역사 속의 어떤 씨족을 의미하는 말일까? 수십만 년 전 인류가 아프리카를 떠난 일을 가리키는 걸까? 백인들로 인해 아메리카 원주민이 고향을 떠난 걸 말하는 걸까? '비둘기'는 무슨 의미일까? 크리켓 선수였던 도브 그레고리나 영화배우였던 도브 카메론을 말하는 걸까? '가족이 비둘기를 만났다'는 구절에 인간의 사냥으로 멸종한 여행비둘기나 오가사와라흑비둘기에 대한 메시지가 숨어 있을 수 있을까?(수지는 이 해석은 말도 안 된다고 생각했다.)

'비둘기는 닭과 같은 곳에 있다'는 말은 닭을 국가 상징으로 여겼던 옛 국민국가의 영토를 가리키는 걸까? 프랑스나 앙골라민주주의인민공화국 같은? 혹은 인류세의 대표 화석인 닭뼈가 많이 쌓인 지역을 말하는 걸까? 브레스나 레그혼처럼 닭의 품종과 이름이 같은 도시를 의미하는 걸까? 21세기 초반 비둘기들이 고층 빌딩이 많았던 당시 도시에 적응하고 번성해 '닭처럼 살쪘다'는 소리를 들었던 현상을 가리키는 걸까?

두 구절을 기막히게 풀이하는 해석도 있었고, 세 구절을 그럭저럭 설명하는 해석도 있었다. 하지만 모든 구절에 딱 맞아떨어지는 해석은 없었다. 해석들은 모두 진지하지 않은 유희였고, 그렇기에 해석을 내놓은 이들조차 현장에 가서 확인해 보는 시도는 하지 않았다. 직접 행동을 가급적 삼가는 게 현대 문화의 특징이기도 했다. 근대 말에 인류는 깊은 고민 없이 너무나 많은 일을 저질렀고, 아이들은 힘을 가진 자들일수록 행동을 조심해야 한다고 귀에 못이 박히도록 배웠다.

수지는 와이즈넷에 올린 글에서 자신이 여태까지와는 다른 관점으로 앙리 바라스의 시에 도전했다고 설명했다. 지구 전 지역을 100만 개의 격자로 쪼개 거기에 번호를 부여했다. 그 백만 곳의 땅에는 수백만, 수천만 개의 이야기들이 얽혀 있었다. 그 땅을 여러 시대에 걸쳐 부른 여러 이름이 있고, 별명이 있고, 그 땅을 가리킨 비유적 표현이나 상징들이 있다. 그 땅에 살았던 사람들, 그곳에서 활동했던 기업이나 조직이 있고, 그 인물들과 단체들에도 이름, 별명, 비유적 표현과 상징이 있다. 그런 단어들이 가족, 닭, 비둘기, 여섯 같은 키워드와 얼마나 관련이 있는지 점수를 매길 수 있지 않을까? 그 지역이 언급되는 와이즈넷의 모든 문서와 저 키워드들이 언급되는 모든 문서 사이 거리를 측정할 수 있지 않을까? 그렇게 해서 100만 개의 땅의 순위를 매길 수 있지 않을까?

자칭 앙리 바라스가 쓴 시가 어떤 의미인지 알 필요는 없다. 각 행들이 다음 행과 어떤 논리로 이어지는지 알 필요도 없다. 결국 그 시는 어떤 장소를 가리키는 것이니 그 장소를 찾아내면 되는 것 아닐까?

그런 착상을 한 번에 떠올린 것도 아니었고 제대로 정리해서 와이즈넷에 올린 것도 아니었다. 와이즈넷 게시판에 올린 장난 같은 글에 몇몇 이용자들이 관심을 보였고, 점점 살이 붙으면서 아이디어가 구체화됐다. 교육부에서 프로젝트를 승인받은 뒤에도 다른 사람들과 의논하며 세부 사항을 가다듬었다. 가장 먼저 관심을 보인 사람이 미아였고, 계획 수립을 가장 도와준 것도 미아였다. 사실상 수지와 미아 두 사람이 완성한 프로젝트라 할 수 있었다. 가장 높은 점수를 받은 지역 5곳을 한 달 동안 탐사하겠다, 4명만 모이면 교육부의 예산 지원을 받을 수 있을 것 같다고 와이즈넷에 올렸을 때 가장 먼저 신청한 사람도 미아였다.

3

"이해해 주길 바라네. 놀란 건 이쪽도 마찬가지였으니. 나를 잡으러 온 줄 알았어."

노인이 말했다. 아니, 노인이라는 표현은 이상한가? 고작 64세밖에 되지 않았다고 하니 말이다.

"저희를 향해 쏘는 줄 알았죠."

수지가 대꾸했다.

"그냥 경고 사격이었어."

"저희는 경고 사격이라는 게 뭔지도 모른다니까요."

잭이 발끈했다.

"그래서 조금 전에 설명했잖아."

카딤이라는 이름의 노인이 말했다.

"그만둬요. 이러다 끝이 안 나겠네. 저기 아저씨, 지금 아저씨가 되게 불리한 상황인 건 아시죠? 저희가 아저씨를 고발하고 아저씨가 만든 시설도 신고할 수 있어요. 법을 어긴 게 한두 개가 아닌 거 같은데요?"

미아가 말했다.

"굳이 그런 이야기를 하는 걸 보면 나를 고발하거나 신고할 생각은 없다는 뜻이겠지."

카딤이 말했다. 맞는 말이긴 했다. 공원 구역에 몰래 살고 있다는 혐의로 신고해서 그 남자가 수십 년간 애써 추구해 온 인생을 박살을 낸들 수지 일행이 얻을 게 뭐가 있담. 게다가 보아하니 카딤은 어떤 처벌을 받건 대가를 치르고 나서는 기존에 살던 방식대로 다시 살 것 같았다. 지구는 넓고 인류 인구는 200만 명뿐이다. 카딤은 공원 구역 어디에서건 다시 은둔자의 삶을 시작할 수 있을 것이다. 세계 정부의 느슨한 감시를 피해.

그들은 카딤의 통나무집에서 차를 마시고 있었다. 카딤은 직접 숲에서 채취한 잎과 열매로 차와 음료수, 술까지 만든다고 했다. 수지 일행이 걸터앉은 의자와 찻잔을 놓은 테이블도 모두 카딤이 나무로 직접 제작한 것이었다. 목공예 솜씨가 수준급인지, 가구들이 엉성하지 않고 고급스러웠다.

무엇보다 놀라운 것은 벽을 가득 채운 책이었다. 수천 권, 아니 수만 권이 있는 듯했다. 토오루는 책장 앞에 서서 "종이책을 직접 보는 건 처음이야"라고 중얼거렸다. 수지는 종이책 자체에는 놀라지 않았다. 그녀의 어머니도 옛 종이책을 몇백 권

가량 갖고 있었다. 물론 허가받은 책들로, 주로 미술품 도록이
었다.

"저걸 다 읽으신 건가요?"

수지가 물었다.

"설마. 읽으려고 모은 거지. 폐허가 된 도서관들을 돌아다니
면서 읽을 수 있는 책들을 추렸다네. 파손되거나 곰팡이가 슨
책들을 많이 복원했어. 아예 새 종이에 다시 찍어 낸 것들도 있
지."

"총은 어떻게 구하신 거죠? 총도 직접 만드신 건가요?"

미아가 물었다.

"총과 화약에 대한 책을 보고 3D 프린터로 따라 만들었어."

"총을 만드는 법에 대한 책이 있다고요?"

"그런 책이 있어. 와이즈넷에는 없지만. 와이즈넷에 있는 책
은 여태까지 인류가 만든 책의 100만 분의 1도 안 돼."

"설사 그런 책이 있어서 3D 프린터로 총을 만들려 해도, 그
런 물건은 제작 승인을 받지 못할 텐데요."

개인용 3D 프린터를 직접 만들었다는 카딤의 말에 수지 일
행은 다들 놀랐다. 3D 프린터를 만드는 법에 대한 책도 있다
는 것이었다. 수지 일행의 AI 에이전트와 드론을 끈 전파방해
장치도 그 3D 프린터로 제작했다고 카딤은 설명했다.

"음식은 어떻게 해 드세요? 살아 있는 동물을 사냥해서 직접

도축을 하는 거예요, 설마?"

잭이 물었다. 실은 수지도 그게 궁금했다. 차에 대한 설명을 들었을 때부터. 와이즈넷이나 AI 에이전트 둘 중의 하나라도 연결된다면 사냥과 도축에 대한 정보들을 제공받을 수 있을 텐데.

"그러기도 하네. 원하면 같이 식사해도 되네. 오리고기가 있네."

수지 일행은 즉각 답을 하지 못했다. 잭과 토오루는 역겨움과 난처함이 반반씩 섞인 표정이었다. 미아는 흥미롭겠다는 듯, 장난기 어린 얼굴이었다.

"합성음식들도 있네, 원한다면. 공원 캠핑 구역으로 배달을 시켜서 먹곤 한다네."

카딤이 말했다.

"왜 문명을 거부하세요?"

식사를 기다리면서 수지가 물었다. 얼굴에 주름이 가득하고 백발과 수염이 덥수룩한 인간과 대화를 나누는 일은 오싹하면서 짜릿했다. 용이나 유니콘 같은 동물과 이야기를 나누는 기분이었다.

"자네는 저게 문명을 거부하는 걸로 보이나?"

카딤이 손가락으로 거실을 가리켰다. 휴머노이드 로봇 한

대가 책장을 걸레로 닦고 있었다.

"요리를 직접 하시잖아요."

"요리를 직접 하는 건 좋은 일이네. 그리고 이 칼이나 도마, 타이머, 오븐 모두 문명이 만들어 낸 도구들이고."

그 대화는 식사를 하면서도 이어졌다. 물론 처음 한동안은 화제의 초점이 요리였다. 카딤이 내놓은 오리고기 스테이크와 수프가 놀랄 만큼 맛있었기 때문이다. 처음에는 합성음식만 먹겠다고 하던 토오루도 스테이크를 한 점 맛보더니 태도가 달라졌다. 아이들은 카딤의 식단을 궁금해했고, 카딤의 설명을 들으며 때로는 매료되기도 하고 때로는 혐오감에 휩싸이기도 했다.

"문명을 거부하는 게 아니네. 내게 맞는 기술 수준을 선택하겠다는 거지."

카딤은 수렵과 요리는 완벽하게 문화적인 활동이라고 선언했다.

"어떤 기술이 자신에게 맞는지 아닌지는 어떻게 알죠?"

수지가 물었다.

"저절로 알게 되지. 혹은 애초에 그건 별로 중요하지 않은 질문인지도 모르지. 인류는 어떤 기술이 자신들에게 맞는지 아닌지 대합의 때 어떻게 구분할 수 있었지?"

"기술들이 인간성에 부합하는지, 좋은 삶과 좋은 사회에 도움이 되는지 아닌지를 따졌죠. 가치들을 기술 앞에 둔 거죠. 더 길게 말씀드릴 수도 있지만."

잭이 대답했다.

"인간성이 뭔데? 좋은 삶은 뭐고 좋은 사회는 뭔데? 그런 건 다수결로 정하는 건가?"

"경계가 명료하지 않다고 해서 그 개념이 존재하지 않는 건 아니에요. 그리고 그 개념은 여러 사람이 정하는 거 맞습니다. 언중의 합의, 학계의 합의라는 식으로 부르기는 하지만."

수지가 말했다.

"나한테 좋은 삶이 뭔지 나보다 다른 사람이 더 잘 안다는 말인가?"

카딤이 껄껄 웃으며 말했고 수지는 지지 않고 "사실 그래요" 라고 대답했다.

"애야, 사회적 합의니 뭐니 하는 편리하고 두루뭉술한 개념 보다 더 분명하고 단단한 걸 내가 말해 주마. 자기가 믿지 않는 걸 주장해서는 안 된다는 거야. 그리고 자기가 실천할 수 없는 걸 주장해서도 안 돼. 그런 건 서로 의견 교환하고 투표하지 않 아도 알 수 있어. 대합의 때 인류 측 대표는 뇌가 개조되지 않 은 인간이 이해할 수 없는 기술들은 남겨서는 안 된다고 주장 했지. 하지만 현대인의 뇌도 개조됐어. 너희들 모두 신경이 AI 에이전트와 연결됐잖아. 그리고 지금 인류가 자신들이 이해하는 기술만 사용하고 있나? 안티에이징 기술 같은 걸 인류가 이해하고 있나? 대합의, 대이탈 시대 이전에는 매년 수천만 명, 수억 명이 각종 질병으로 수명을 누리지 못하고 사망했어. 병 없이 인생을 산다는 건 불가능한 일이었어. 그런데 현대에 들어서는 아무도 병에 걸리지 않지. 어떻게 그렇게 된 건지 아니? 우리가 이탈자들의 기술을 사용하고 있기 때문이야. 그러면서 현대인들은 자신이 이해하는 기술로 삶을 꾸려 가고 있다고 거짓말을 하고 있어. 그에 비하면 나는 훨씬 정직하지. 나도 아주 철저히 정직한 건 아니다만."

***

"모르는 얘기는 하나도 없었잖아. 안 그래? 인류가 이탈자들의 기술을 제한적으로 받아들였다는 걸 모르는 사람이 어디 있어. 난 그냥 그 사람이 트집을 잡는 거 같더라."

잭이 말했다.

"오리고기는 나쁘지 않았어. 뭐랄까, 좀 야생의 맛 같은 게 느껴지긴 했어. 그런데 그런 수고를 들여서까지 찾아먹을 맛은 아니었고."

토오루가 말했다.

수지 일행이 비행 크루즈에 돌아왔을 때 구슬비가 내리기 시작했다. 누가 먼저 제안한 것도 아닌데 아이들은 채광창이

장 강 명

있는 회의실에 모여 음료를 마셨다. 잭과 토오루는 냉장고에서 맥주를 꺼내 왔고, 미아는 휴머노이드 로봇에게 칵테일을 만들어 달라고 주문했다. 수지는 허브티를 마셨다. 해는 이미 진 뒤였다. 채광창에 빗방울이 타닥타닥 떨어지는 소리가 듣기 좋아서 음악은 틀지 않았다. 어쩌면 다른 아이들은 AI 에이전트로 혼자 음악을 듣고 있는지도 몰랐지만.

"난 그 사람 말을 한참 듣다가 이걸 듣는 게 무슨 소용이 있나, 이게 옳은지 아닌지 따져 볼 필요가 뭐가 있나 하는 생각이 들더라."

미아가 말했다.

"그래? 왜?"

수지가 의자에서 등을 펴며 물었다. 미아의 반응이 약간 뜻밖이었기 때문이다.

"그 사람 말에 일리가 있다고 한들, 그 사람처럼 살 수는 없잖아. 내 말은, 기술 수준이 문제가 아니라고. 아무도 안 만나고 그렇게 로빈슨 크루소마냥 혼자 살 수가 있느냐고. 공원 구역에 혼자 살면서 와이즈넷도 접속하지 않고 AI 에이전트까지 끄고 지낸다니, 아무도 만나지 않고 아무하고도 대화하지 않겠다는 거잖아. 가능하지도 않고 건강하지도 않은 방식을 고려할 필요가 있을까."

미아가 말했다.

"사람에게는 자신이 원하는 기술 수준을 선택할 권리가 있어야 한다는 말, 어떻게 생각해?"

수지가 물었다.

"우리한테는 그런 권리가 있는 셈이지. 선택지가 딱 두 개밖에 없는 게 문제지만. 현대인의 기술이냐, 이탈자의 기술이냐."

토오루가 말했다.

"딱 한 번 선택할 수 있지."

잭이 덧붙였다.

"대이탈 시대 이전까지 그런 권리를 가졌던 사람은 수천수만 년 동안 아무도 없었어."

미아가 지적했다.

다른 아이들이 방으로 돌아간 뒤에도 수지는 회의실에 혼자 남아 그 문제를 더 생각했다. 수천수만 년 동안 그런 권리를 누린 사람이 없다는 게 그런 권리를 부정해야 할 이유가 될까? 환경권 같은 권리 역시 수천수만 년 동안 그런 권리를 누린 사람이 없는 상태에서 태어나지 않았는가. 따지고 보면 보편 인권 역시 마찬가지 아닌가.

하지만 다른 사람과 교류 없이 고립되어 혼자 사는 삶이 바람직하지 않다는 지적도 옳다. 여러 도시가 서로 다른 기술 수준으로 사는 게 가능할까? 지중해의 어느 도시는 증기기관이 발명될 무렵 기술 수준으로, 서유럽의 어느 도시는 컴퓨터가 등장하기 직전 기술 수준으로, 오스트레일리아 동부에서는 초기 핸드폰이 보급될 시점의 기술 수준으로 사는 게 가능할까? 현대인들이 '사회적 합의'를 이룬다면? 새로 태어나는 아이들은 성인이 되면 각자 살 도시를 정하게 하는 건 어떨까?

수지는 그런 생각을 하며 밤늦도록 깨어 있었다. 앙리 바라스를 찾는 알고리즘은 자신이 이해하는 기술이라고 말할 수 있는지 궁금해졌다. 여전히 자신이 졸업식 날 현대인의 삶을 선택할지, 이탈자의 세상을 선택할지 결정하지 못한 상태였다.

그들은 다음 날 낮, 예상보다 이른 시각에 공장 조사를 마쳤다. 요령이 붙어 공장을 수색하는 속도가 조금 빨라지기도 했고, '별 게 나오지 않을 것 같다'는 생각 때문에 공장 내부를 처음처럼 꼼꼼하게 살피지 않았기 때문이기도 했다.

플리머스 비둘기 비누 공장 주변 구역은 수지가 만든 알고리즘이 추천한 다섯 번째 장소이자 그들이 탐사하기로 합의한 마지막 장소였다. 비행 크루즈로 돌아온 수지가 엑스레이 사진들을 검토하는 동안 잭과 토오루는 짐을 챙겼다. 미아는 그들만큼 짐이 많지 않았다.

"도움이 못 돼서 미안해."

짐을 다 챙기고 나온 잭이 토오루와 나란히 서서 말했다.

"내가 미안하지. 성과를 못 냈는데."

수지가 말했다. 수지는 자신의 방법론이 잘못된 것 같다고
사과했고, 잭과 토오루는 자신들이 그 방법론에 동의했으니 수
지가 사과할 일이 아니라고 손을 저었다. 미아가 작별 파티를
하자고 했고, 수지는 파티 장소를 어디로 할지 물었다. 비행 크
루즈를 학교에 반납하기까지 아직 시간이 있으니 세계 어느 곳
이든 갈 수 있었다. 의견을 주고받던 그들은 대서양 상공으로
향했다.

"우리에 대해서는 정말 걱정하지 않아도 돼. 카딤을 만난 걸
소재로 같이 게임을 만들어 보기로 했거든. 아까 둘이서 상의
를 했어."

샴페인 잔을 든 잭이 턱 끝으로 토오루를 가리키며 말했다.
그들은 전망 데크에서 파티를 열었는데, 잭의 뒤 멀리로 거대
한 적란운이 번개와 비를 바다로 내리꽂고 있었다. 그러나 너
무 멀리 있어서 비행 크루즈에 영향을 미칠 가능성은 없었다.
반대 방향으로는 그야말로 고요한 하늘과 바다였다.

"가상현실 게임인데 가제는 '생존'이라고 붙여 봤어. 플레이
어는 혼자 공원 구역을 여행하다가 조난을 당하는데, 거기서는
와이즈넷과 AI 에이전트가 작동하지 않아. 대신에 오래 전에
그곳에서 은둔 생활을 하던 사람의 오두막과 종이책들이 있지.
그 책들을 보고 힌트를 얻어 살아남아야 하는 거야. 발전기를
가동시키면 3D 프린터를 사용할 수 있게 돼."

장 강 명

"그런데 밤이 오면 수수께끼의 존재들이 나타나서 플레이어를 공격하지. 플레이어는 그 공격을 버티면서 그 장소에 얽힌 수수께끼를 풀어야 해."

"그리고 은둔자의 비밀도. 은둔자가 왜 은둔을 했는지, 어디로 사라졌는지."

토오루와 잭이 번갈아 구상을 설명했다. 그들은 저녁을 먹으며 게임 아이디어에 대해 이야기를 나눴다. 재미있는 설정이라는 데에는 모두가 동의했다.

"그런데 그 게임, 어른들이 승인해 줄까유?"

음식을 다 먹었을 때 미아가 물었다.

"문제될 만한 게 있나?"

토오루가 고개를 갸웃했다.

"도시 밖에서 혼자 살 수 있다고 주장하는 게임이라고 비판받지 않을까유?"

미아가 말했다.

"거기까지는 생각 못 해 봤네. 어른들이 정말 그런 것까지 문제 삼을 거라고 생각해?"

토오루가 물었다.

"역사 속 상황이 아니라 현대가 배경인 게임이잖아유? 그러면 반사회적 콘텐츠라는 판정을 받을 수도 있어유."

미아가 말했다.

"여차하면 와이즈넷에는 배포하지 않고 그냥 친구들끼리만 해야겠다. 그 정도는 봐 주겠지."

"재미있을 것 같아. 완성하면 꼭 보내 줘."

수지가 말했고, 잭과 토오루는 고개를 끄덕였다.

"만약 우리가 열아홉 생일 이후에 완성한다면?"

토오루가 물었다.

"남을 거지, 지구에?"

잭이 물었다.

수지는 그런 질문들이 싫었다. 당연히 그들이 인간으로, 인간답게 남아야 한다는 것을 전제하고 묻는 질문들이. 그렇다고 이탈자가 되고 싶은 것은 아니었다. 그건 너무 두려웠다. 그녀가 19년 동안 받은 교육의 핵심이 바로 그 두려움이었다.

4

"이제 어떻게 해유? 바로 집에 가유?"

미아가 물었다. 수지가 기다리던 질문이었다. 서유럽에서 잭과 토오루가 내리고 미아의 집이 있는 오스트레일리아로 향하는 길이었다.

"비행 크루즈를 바로 반납하지는 않아도 괜찮아서. 나는 한 군데 더 가 볼까 해."

"같이 갈까유?"

"고마워."

미아가 그렇게 제안하리라고 예상하고 있었다. 수지는 AI 에이전트로 비행 크루즈에 새 목적지를 입력했다. 비행 크루즈가 워낙 정숙하게 이동 중이어서 그랬는지, 아니면 새 목적지가 오스트레일리아와 크게 다르지 않은 방향이어서 그랬는지, 선체가 회전하는 느낌은 들지 않았다. 전망창 밖으로 보이는 별들의 모습도 그대로였다.

"정말 화려하지, 이 크루즈? 그걸 너랑 나 둘이서 비용 걱정 없이 마음대로 쓰고 있어. 목적지도 마음대로 정하고, 정했다가 바꿀 수도 있고 말이야. 근대 말까지도 이런 호사를 누릴 수 있었던 건 전체 인구의 1퍼센트도 되지 않았을 거야."

수지가 말했다.

"1퍼센트가 뭐야. 0.001퍼센트도 안 됐을걸? 근대 말에 인구의 1퍼센트면 8000만 명이 넘어유. 이런 사치를 이 정도로 누릴 수 있었던 사람은 아무리 많이 잡아도 8000명 미만이었을 거예유. 그게 몇 퍼센트냐…."

AI 에이전트가 시야 한 구석에 0.0001퍼센트라는 답을 희미하게 표시했다. 수지는 거기에 눈길을 주지 않고 대화에 집중했다.

"살기 좋은 세상이네, 그렇지?"

"부족한 게 없는 세상이지유."

"그런데 정보에 있어서는, 우리가 얻을 수 있는 정보가 근대인들이 알 수 있었던 정보의 0.0001퍼센트쯤 되는 거 아닐까? 와이즈넷이 승인하는 정보 자체가 적고, 와이즈넷에 올라온 정보를 모든 사람이 볼 수 있는 것도 아니고, AI 에이전트가 걸러주는 내용도 많잖아. 옛날 사람들은 그런 거 없이 전산망에 누가 뭐라고 글을 올리면 그걸 다 볼 수 있었대."

수지가 물었다. 비행 크루즈는 조용히 밤하늘을 날아가고 있었다. 꼭 별들을 뚫고 우주를 항해하는 것 같았다. 이탈자들은 이런 기분으로 우주를 항해하고 있을까?

"정보와 지식은 달라유. 와이즈넷 이전에는 쓰레기 정보도 많았고 허위 정보도 많았어유. 사람들이 그런 잘못된 정보에 현혹되어서 이상한 믿음을 품기도 하고 남을 공격하기도 했어. 정보는 화학물질과 비슷한 거야. 좋은 화학물질도 있지만 유해 물질도 있지. 많다고 좋은 게 아녀유."

"그래. 어떤 정보가 좋은 삶과 좋은 사회에 필요한지, 어떤 정보가 그렇지 않은지 어린 우리는 구분할 수 없으니까 와이즈넷과 AI 에이전트가 있는 거고. 그래서 우리는 풍요로운 삶을 살 수 있는 거고."

수지의 목소리에 담긴 냉소를 감지했는지, 미아는 잠자코 있다가 화제를 돌렸다. 아마 그 사이에 AI 에이전트로 비행 크루즈에 접속해 그들의 목적지를 확인한 것 같았다.

"내일 가는 곳이 알고리즘이 6순위로 추천한 지역이에유?"

미아가 물었다. 그렇지 않다는 걸 잘 알고 있잖아. 수지는 속으로 생각했다. 그들이 다음 날 확인할 장소는 알고리즘이 아예 추천하지 않은 곳이었다. 수지가 처음부터 찾아가려고 했던 장소이기도 했다.

"아니, 6순위는 아니야."

수지가 말했다. 그렇구나, 그럼 난 이만,이라고 말하고 미아는 자기 방으로 돌아갔다. 미아가 전망 데크를 걸어 나가는 모습을 수지는 말없이 지켜보았다. 내일 아침 미아가 사라져 있을 수도 있어. 그래도 상처받지 말자. 수지는 생각했다. 그런 생각만으로도 가슴이 아렸다. 지난 한 달 사이에 미아가 그 정도로 좋아졌다.

다음 날 아침에도 미아는 비행 크루즈에 그대로 있었다. 그러나 조금 서먹하게 구는 것 같기는 했다. 비행 크루즈는 근대 말까지 유인도였던 화산섬 남쪽에 착륙했고, 수지와 미아는 산책을 가는 간단한 옷차림으로 크루즈 해치를 나섰다. 어디에 가는지, 무엇을 준비해야 하는지 미아는 묻지 않았고, 수지의 확신은 점점 굳어졌다.

수지는 일부러 목적지에서 걸어서 한 시간 정도 떨어진 공터에 비행 크루즈를 세웠다. 바다를 바라보는 경치가 좋아 보여서 걷고 싶기도 했고, 목적지에 도착하기 전에 마음의 준비를 하고 싶기도 했다. 천 년 전 해안도로였던 길을 그렇게 미아와 함께 걸었다. 노루 몇 마리가 흥미롭다는 듯이 그들을 지켜보다 사라졌다.

햇빛 때문에 다소 눈이 시리긴 했지만 상쾌한 날이었다. 수지는 파도 소리를 들으며 걷다가 미아에게 물었다.

장 강 명

"어른들이 그렇게 말리는데도 이탈자들의 세상으로 가겠다고 결심하는 아이들이 매년 꾸준히 나오잖아. 그러면 이탈자들 사이에서 태어난 아이들 중에서도 지구에 오는 아이가 있긴 있는 걸까?"

"이탈자의 세상을 선택하는 애들이 매년 꾸준히 나와유?"

"그럴걸. 아무도 발표하지 않으니 정확한 수는 알 수 없지만."

"설마. 10년에 한 명 정도 나오는 줄 알았는데."

"내가 아는 사례만 두 명이야. 둘 다 어머니 친구의 자식들이고."

"어머니랑 그런 얘기를 거리낌 없이 나누는구나. 부럽네유."

"우리 어머니는 이탈자가 되기로 결심하는 애들 수가 사람들이 짐작하는 수준 이상일 거래. 스무 살 무렵에 자살했다고 하는 애들 중에 자살한 게 아니라 이탈자가 된 아이들이 꽤 많지 않을까? 가족들이 그 사실을 숨기는 거지."

멀리서 야생마가 한 마리 길에 서 있다가 도망갔다. 까마귀가 몇 마리 나무에서 날아올랐다. 이 섬에서 가장 조심해야 할 야생동물은 멧돼지라고 했다. 멧돼지는 다행히 보이지 않았다. 목적지가 멀지 않았다. 그들은 나무가 점령한 옛 도시 구역에 들어섰다. 그래도 이곳 나무들은 플리머스에 비해 키가 작아서 도시 형태는 알아보기 쉬웠다.

"이탈자들의 세상에서 태어난 아이들 중에서도 지구로 내려
와서 인간으로 살기를 선택한 아이들이 꽤 있을지 몰라. 발표
를 안 하니까 모르는 거잖아."

미아가 말했다.

"없을 거야."

수지가 단언했다.

"어떻게 그렇게 확신해?"

"만약 그런 사례가 있다면 세계정부가 엄청나게 선전했을
걸."

"그 아이의 프라이버시를 보호해야 하지 않을까?"

"프라이버시를 보호하면서 홍보에 활용하는 방법도 많아.
가명 인터뷰를 할 수도 있는 거잖아."

이제 목적지가 보였다. 한때 시가지였던 폐허 가운데 있는
건물이었다.

"어쩌면 이탈자들의 세상에서는 아이가 태어나지 않을지도
몰라. 모든 개체가 불사신이 되었기 때문에 인구를 조절하기
위해 아이는 낳지 않기로 합의했을지도 모르고, 모든 정신이
한데 합쳐져서 군체지성 같은 걸 이뤘는지도 모르지."

"너는 졸업식 날이 되면 어떻게 할 거야? 지구에 남을 거
야?"

미아가 한 이야기를 무시하듯 수지가 물었다. 미아 역시 수

　　　　　　　　　　　　　　　　　　　　　　　장 강 명

지의 질문에 답하지 않았다. 미아는 자리에 서서 몇 초간 입을 다물고 있다가 수지가 등지고 선 건물을 바라보며 되물었다.

"저기 들어갈 거야?"

"응."

수지는 바로 몸을 돌리지는 않았다. 미아의 얼굴을 보고 싶었다. 그녀가 절박한 표정을 짓는지, 분노를 드러내는지, 슬퍼하는지, 혹은 무표정한지 알고 싶었다.

미아는 피곤한 듯한 미소를 지었다.

그들이 들어간 건물은 작은 미술관이었다. 아니, 한때 미술관이었던 유적이라고 말하는 게 옳겠지. 1000년 전, 미술관이었을 때조차 크거나 중요하거나 붐비는 미술관은 아니었던 그런 미술관이었다. 당시 이곳에 걸린 그림들조차 진품은 아니었다.

건물의 지붕 곳곳이 뚫려 있어서 그리로 빛이 몇 가닥 들어왔다. 덕분에 미술관은 제법 신비로운 분위기였다. 수지와 미아가 안으로 들어서자 청설모 한 마리가 지붕의 뚫린 구멍으로 달아났다.

"아주 옛날에 이 섬 위의 반도 지역에서 전쟁이 있었다더라. 그래서 어느 화가가 전쟁을 피해 가족들을 데리고 이 섬에 와서 지냈대. 이 미술관은 그 화가를 기념하는 곳이었어."

수지가 미술관 내부를 천천히 걸어가며 말했다. 미아는 몇 걸음 뒤를 따라가며 그 설명을 들었다.

"가족을 무척 사랑한 화가였대. 그래서 자기 가족 그림을 많이 그렸대. 지금은 액자도 다 깨지고 종이도 삭아서 보이지 않지만. 여기서부터 이렇게, 그림이 여러 점 걸려 있어."

수지가 손가락으로 벽을 가리켰다. 미아는 잠자코 들었다.

"그림은 잘 보이지 않지만 그림 제목은 읽을 수 있어. 지금은 안 쓰는 문자로 적혀 있지만 AI 에이전트가 번역은 지원해. 여기 있는 그림은 〈길 떠나는 가족〉이라는 작품이야. 남자가 소 한 마리를 끌고 있고, 그 소는 수레를 끌고 있어. 수레 위에 남자의 아내와 아이들이 앉아 있지. 전쟁을 피해 도망치는 모습을 그린 걸까? 그렇다기에는 평화롭고 흥겨운 분위기인 것 같아. 아쉽게도 이 그림은 와이즈넷에는 등록되어 있지 않아. 이유는 잘 모르겠지만."

"와이즈넷은 기준이 너무 불분명해. 기본 설계 자체에 뭔가 문제가 있어."

미아가 말했다. 어느 순간부터 미아는 예스러운 말투를 전혀 쓰고 있지 않았다.

"여기에는 〈가족과 비둘기〉라는 그림이 걸려 있어. 역시 콧수염이 난 화가 자신과 아내, 두 아들이 그려져 있고, 화기애애한 분위기야. 비둘기가 좀 닭 같아 보이지만. 그런데 그 옆에는

〈닭과 가족〉이라는 그림이 걸려 있네. 이 그림들이 와이즈넷에 올라와 있지 않아서 아쉽다. 와이즈넷에 있다면 AI 에이전트로 입체 영상을 띄울 수 있을 텐데.”

수지는 설명을 이어 갔고, 미아는 대꾸하지 않았다.

“〈길 떠나는 가족〉, 〈가족과 비둘기〉, 〈닭과 가족〉은 선을 뭉개는 방식으로 그린 그림인데, 여기 있는 〈여섯 마리의 닭〉은 화풍이 좀 달라. 잉카나 마야 같은 고대 남미 제국들의 그림 같아 보이지 않아? 여기 벽 아래에 낙서가 있는데 이건 꽤 최근에 누가 남긴 것 같지? 30년쯤 된 것 같아. 옛 영어로 적혀 있네. ‘I AM HERE’라고.”

수지는 허공에 그 글자를 띄운 뒤 순서를 바꿨다. ‘I AM HERE’는 ‘MIA RHEE’가 됐다.

“너 혼자 이걸 다 알아낸 거니?”

한때 앙리 바라스였고, 이제는 풀네임을 ‘MIA RHEE’라고 쓰는 미아가 물었다.

“아니야. 어머니가 가르쳐 줬어. 네가 낸 문제를 어머니는 10년 전에 풀었대. 정확히는 네가 낸 문제를 10년 전에 봤고, 문제를 보자마자 답을 바로 알았대. 아버지는 130살이지만 어머니는 800살이 넘었거든. 미술을 좋아하셔서 종이책 도록을 모으고, 종이책으로는 구할 수 없는 작품 이미지들을 따로 저장하고 계셔. 와이즈넷에는 등록 안 된 작품들까지 말이야. 이

화가의 작품도 이미지로 소장하고 계셔."

"철자 바꾸기 장난도 너희 어머니가 푸신 거야?"

"아니야. 그건 내가 풀었어."

"이 프로젝트 초기에?"

"응. 시작 단계에서는 아니었지만. 네가 보내 온 지원서를 보다가 퍼뜩 생각이 들었어. 올해 졸업식을 앞둔 오스트레일리아의 고등학생 명단을 받고 싶었는데 그건 와이즈넷에서 내가 접속할 수 없는 정보라고 나오더라. 그래서 주제가 겹치는지 알아보기 위해 그때까지 접수된 졸업 과제 리스트가 필요하다고 요청했더니 그건 받을 수 있더라고. 거기에 우리 과제도, 네 이름도 없더라. 예스러운 말투를 자주 쓰고 몇백 살 먹은 사람처럼 성격이 능글맞고 와이즈넷과 AI 에이전트가 없어도 패닉에 빠지지 않고 현대에 대해 뭐든지 알고 있는 것처럼 냉소적인 미아 리 말이야."

"허술했네, 내가."

한때 남성이었으나 이제 여성인, 10대 소녀의 모습을 한 앙리 바라스가 장난기 어린 미소를 지었다. 수지가 아주 잘 아는, 지난 한 달간 좋아했던 표정이었다.

"같이 탐사 여행을 다니며 너에 대해 알고 싶었어. 너도 내내 우리를 놀리고 있었던 셈이니까 서로 비겼다고 생각해."

수지가 말했다.

"나 전혀 화나지 않았어. 괜찮아. 오히려 이렇게 수수께끼를 풀어 줘서 기쁜걸."

대합의 멤버이자 수지의 과제 동료이기도 한 상대가 옛 미술관 지붕에 난 구멍 아래서 말했다. 빛줄기 가운데 서는 바람에 앙리-미아의 모습은 조금 흐리게 보였고, 수지는 상대가 그 빛 속에서 그대로 사라져 버리면 어떻게 하나 하는 비현실적인 걱정을 했다.

"생각해 보면 우리 프로젝트 자체가 말이 안 됐지. 앙리 바라스가 설마 와이즈넷에 있는 정보들로 풀 수 있는 문제를 냈을까. 아주 쉽게 풀 수 있는 문제, 하지만 와이즈넷으로는 풀 수 없는 수수께끼를 냈을 거야, 앙리 바라스라면. 무슨 심오한 의미가 있는 수수께끼인 줄 알았는데 그런 건 아니었어. 그냥 즉흥적으로 낸 문제 같아. 나를 찾을 수 있으면 찾아와 봐, 그런 기분으로."

"그보다는 '나를 찾아 줘'라는 기분이었어."

"하지만 숨은 사람은 너였잖아."

"사람들이 던지는 질문이 돌팔매처럼 느껴졌어. 왜 이렇게 엉망진창인 세상을 만들었느냐고 따지더라. 그런데 모든 사람들이 다 엉망진창인 세상을 앞 세대로부터 물려받는 거 아니야?"

현대가 조화롭고 풍요롭다고 하는 사람들이 훨씬 많지 않느냐, 절대다수가 그렇게 생각하는 것 아니냐고 수지가 반박했다. 그런 의견을 가진 사람에게는 관심이 없다고 앙리 바라스가 대답했다. 왜냐하면 그/그녀 자신이 세상이 엉망진창이라고 믿고 있기에. 앙리 바라스는 같은 문제의식을 지녔으면서도 자신에게 돌을 던지지 않을 사람들과 그 문제에 대해 대화를 나누고 싶었다. 미래세대의 생각도 궁금했다.

"왜 우리한테 엉망진창인 세상을 물려준 건데?"

수지가 물었다.

"뻔뻔한 말로 들릴지 모르겠지만, 내가 물려받은 것보다는 더 나은 세상을 물려줬다고 생각해. 그런데 우리가 물려준 세상이 그 이후로 그렇게 오랫동안, 1000년 이상 변하지 않을 줄은 몰랐어. 너무 완벽한 세상이라서 그랬던 걸까? 굶주림도 없고, 전쟁도 없고, 질병도 없고, 경쟁도 없고, 누구나 편안하게 예술 활동이나 인문학 공부를 하면서 지낼 수 있으니까? 이런 사회를 뒤엎어야 한다는 주장을 누가 할 수 있겠어. 게다가 모든 토론을 와이즈넷과 AI 에이전트가 검열하는 세상에서."

이탈자들의 세상이라는 대안이 존재한다는 점도 문제라고 앙리 바라스는 주장했다. 너무나 강력한 대안이 있다 보니 현대인은 다른 대안을 고려하지 못한다는 얘기였다. 특히 열아홉 살에 그 분명한 대안을 거부한 사람들은 이후 자기합리화를 하면서 현대의 생활 방식을 더 강하게 옹호하게 된다고, 사회 전체가 그런 자기합리화를 유도한다고.

"왜 열아홉 살에 그런 선택을 하게 한 거야? 너무 이른 나이 아니야? 마흔 살이나 쉰 살에 선택하게 만들었으면 더 좋았을 텐데."

수지가 물었다. 플리머스의 폐공장 지대에서 야영을 할 때 앙리 바라스를 만나게 되면 묻고 싶다며 앙리 바라스가 한 말이었다.

"그때는 어쩔 수 없었어. 일종의 관습 같은 거였어. 이렇게 평균 수명이 길지 않았던 시기에, 열아홉 살이면 성인이라고 다들 인정했단 말이야. 만약 마흔 살이나 쉰 살이 넘은 사람만 지구에 남을지 이탈자들에게 갈지 결정할 수 있게 했다면 20 대와 30대가 어마어마하게 반발했을 거야. 설사 지구에 남고 싶어 하는 사람이라 하더라도 말이야. 그렇다고 이탈자들에게 갈 수 있는 기회를 여러 번 주면 누구나 다 언젠가는 그런 선택 을 내리게 될 거 같았어. 그냥 평생에 딱 한번, 열아홉 살에 그 기회를 주는 게 인류를 보호하는 길 같았어. 인류가 요구하고 이탈자들이 받아들인 사항이야. 한번 그렇게 정하고 나니 이후 로는 더 이상 바꿀 수가 없었고."

앙리 바라스의 말을 들으며 수지는 적어도 마음속에 품고 있던 깊은 의심 한 가지는 흐릿해지는 걸 느꼈다. 어쩌면 이탈자들이나 이탈자들의 세계가 아예 존재하지 않으며, 열아홉에 이탈자의 세계를 선택하는 아이들은 며칠 뒤 비밀리에 살해되는 것 아닐까 하는 의심이었다.

그 외에도 소득은 있었다. 이 세상의 설계자들이 많은 것을 모른다는 사실을 알게 됐다. 그들이 많은 것을 모르는 채로 이 세상을 설계했다는 사실도 알게 됐다. 자신이 진짜로 궁금해하는 것에 대해 답을 줄 수 있는 사람이 아무도 없다는 사실도 알게 됐다.

"우리는 또 만날 수 있을까?"

미술관을 나오며 앙리 바라스가 물었다. 나이가 1000살이 넘는 사람도 외로워하는 걸까. 아니, 나이가 1000살이 넘기 때문에 외로워하는 걸까.

"앙리 바라스를 다시 만나고 싶지는 않아. 하지만 미아라면 다시 만나고 싶어."

수지가 말했고, 앙리 바라스는 고개를 끄덕였다.

"너는 어떻게 할 거니? 열아홉 살이 되면."

앙리 바라스, 혹은 미아가 물었다.

그건 내가 결정해야 하는 거구나. 수지는 입술을 깨물었다. 뭐라고 대답해야 할지 몰랐다.

축하 공연

정명섭

정명섭

대기업 샐러리맨과 바리스타를 거쳐 지금은 작가로 활동 중이다. 역사에 관심이 많으며, 사람들이 잘 모르는 역사에 대해 이야기하는 것을 좋아한다. 2013년 『기억, 직지』로 제1회 직지소설문학상 최우수상을, 2016년 『조선변호사 왕실소송사건』으로 제21회 부산국제영화제에서 NEW 크리에이터상을, 2020년 『무덤 속의 죽음』으로 한국추리문학상 대상을 받았다.

장편소설 『한성 프리메이슨』『미스 손탁』『어린 만세꾼』『암행』『빙하 조선』 등과 여러 앤솔러지, 역사 관련 책을 출간했다.

1

스타리아를 개조한 이동용 승합차가 텅 빈 주차장에 멈추자 아이돌 그룹 BFAN의 멤버들이 하나둘씩 깨어났다. 길게 하품을 하며 꿈틀대는 그들에게 조수석에 앉아 있던 매니저 김오섭이 커튼을 걷으며 말했다.

"눈곱들 떼고 어서 일어나."

하지만 오늘 새벽까지 예능 방송 녹화를 하던 BFAN의 멤버들은 좀처럼 일어나지 못했다. 그러자 매니저 김오섭이 로드 매니저 박민준에게 눈짓을 했다. 박민준이 버튼을 누르자 창문들이 스르륵 열리면서 차가운 공기들이 쏟아져 들어왔다. 마지막 경고라는 걸 알고 있는 BFAN의 멤버들은 서둘러 몸을 일으켰다. 제일 먼저 밖으로 나온 리더 브라이언이 기지개를 켜면서 학교를 올려다봤다.

"엄청나게 오래되어 보이네."

뒤따라 내린 임찬규가 대답했다.

"100년 된 학교야. 우리가 100주년 기념 축제에 초대받은 거고."

"그래도 그렇지 앨범 내고 바빠 죽겠는데 이런 곳까지 와야 해?"

브라이언의 불만스러운 얘기를 들은 매니저 김오섭이 끼어들었다.

"사장님이 이 학교 졸업생이잖아. 64회인가 65회. 내년 총동창회장에 나가려고 하시니까 미리미리 밑밥 깔아 두는 거지."

"다른 스케줄도 많은데 우리가 사장님의 선거 운동까지 해야 합니까?"

브라이언이 물러나지 않자 매니저 김오섭이 허리에 손을 대고 목소리를 높였다.

"어쭈, 많이 컸다?"

매니저 김오섭 앞에 선 브라이언이 허리를 꼿꼿하게 세우며 말했다.

"키는 원래 제가 컸어요."

분위기가 심상치 않아지자 항상 뜯어말리는 역할을 하는 임찬규가 끼어들었다.

"공연 앞두고 이러지 마."

임찬규가 뜯어말리자 브라이언이 씩씩대며 말했다.

정 명 섭

"그럼 일찍이라도 말해 주든가, 사흘 전에 알려 주면 어쩌자는 거예요."

"야! 나도 그날 들은 거야! 불만 있으면 사장님한테 가서 직접 말해."

"언제는 자기 거치지 않고 얘기하지 말라면서요. 왜 이랬다저랬다 해요. 사람이."

브라이언의 대꾸에 매니저 김오섭이 벌컥 화를 냈다. 운전석에서 내려온 박민준과 막내 태준, 그리고 늘 한발 느린 드미트리가 브라이언을 말렸다. 박민준이 필사적으로 외쳤다.

"이러다 사진이라도 찍히면 끝장이라고요. 사장님이 알면 어쩌려고요."

사장님이라는 마법의 단어가 나오자 다들 멈췄다. BFAN이 아무리 잘나가는 아이돌 그룹이라고 해도 아직까지는 사장님 앞에서는 작고 미약한 존재였다. 씩씩거리던 매니저 김오섭이 먼저 미안하다며 손을 내밀었다. 브라이언도 잘못했다고 하면서 손을 맞잡았다. 악수를 한 매니저 김오섭이 말했다.

"나도 이 스케줄 마음에 안 드니까 후딱 끝내자. 오후에 라디오만 끝내고 쉬게 해 줄게."

그 얘기를 들은 막내 태식이, 아니 태준이가 기뻐했다.

"와! 라디오면 메이크업 안 해도 되죠?"

"보이는 라디오, 보라야. 거기에 지금 방송국 입구에 어제부터 팬클럽 애들이 뻗치기 하고 있다고 연락 왔어."

"아! 메이크업 때문에 얼굴 엉망이 되어 버렸다고요. 그냥 마스크로 가리고 하면 안 돼요?"

"숙소 가서 커튼 칠 때까지는 절대 안 돼."

매니저 김오섭과 막내 태준이가 티격태격 하는 사이, 임찬규는 뒷문을 열고 무대 의상을 내리는 박민준에게 말을 건넸다.

"할 만해?"

"그럼, 고마워."

박민준과 얘기를 나눈 임찬규는 학교를 올려다봤다. 산 중턱에 지어진 학교는 꽤 오래되어 보였다. 그런 학교를 본 임찬규가 중얼거렸다.

"완전 배산임수네. 명당자리야."

뒤따라오면서 임찬규가 중얼거리는 소리를 들은 매니저 김오섭이 말했다.

"야, 미국인이 배산임수도 알아?"

"어머니는 한국 사람이니까요. 그리고 미국은 작년에 공연 때 처음 가 봤어요."

항상 하던 얘기였지만 매니저 김오섭은 재미있다고 낄낄거리고 웃었다. 임찬규는 아버지를 닮아 핏줄이 보일 정도로 창백한 피부와 푸른 눈을 가졌다. 키도 또래보다 큰 데다가 다리까지 길어서 중학생 시절부터 길거리 캐스팅 대상이었고, 농구부와 야구부 감독이 계속 집으로 찾아왔다. 누가 봐도 영어권 외국인처럼 생겨서 대부분 영어로 말을 걸었다. 임찬규는 영어는 할 줄 알았지만 한국에서 태어나고 자라서 김치와 된장찌개가 없으면 밥을 못 먹는 스타일이었다. 그래서 예능에서도 인기가 많았다. 뭔가 허당 같은 이미지와는 달리 관찰력이 뛰어나고, 머리도 좋아서 팬들에게서 천재나 탐정이라는 별명으로 불렸다. 뒤따라오는 브라이언과 태준이, 그리고 드미트리를 힐끔 본 매니저 김오섭이 중얼거렸다.

"하여튼 사장 취향도 골 때린다니까, 미국 사람한테는 한국 이름을 주고, 한국 애들한테는 영어 이름을 지어 주고 말이야."

"사장님 취향 이상한 거 잘 알잖아요. 그나저나 여긴 사생팬들이 없어서 좋네요."

"오기 쉽지 않은 곳이잖아. 우리가 차를 댄 곳도 폐쇄된 주차장인데 따로 열어 준 거야. 덕분에 좀 걸어 올라가야 하지만."

"괜찮아요. 사생팬들이 없는 게 어디에요. 그나저나 여기 학교 이름이 뭐라고 했죠? 이따가 멘트할 때 까먹으면 안 되잖아요."

"창문고등학교."

"그래서 창문이 많은 건가?"

임찬규의 아재 개그에 김오섭 매니저가 앞뒤로 몸을 흔들면서 웃었다.

애기를 주고받으며 올라가자 벽돌로 지은 오래된 본관 건물
이 나왔다. 그 옆에는 지붕에 태양열 패널까지 설치된 새로 지
은 것 같은 비슷한 크기의 강당이 보였다.
"우리가 공연할 곳이 저기인가요?"
임찬규의 물음에 매니저 김오섭이 고개를 끄덕거렸다.
"맞아. 노래 두 곡에 앵콜 하나만 부르고 후딱 가자. 어차피
AR이잖아."
"라이브를 할 상황도 아닌 거 같긴 하네요."
이런저런 애기를 주고받으며 창문고등학교 운동장에 들어
섰다. 축제가 한창인지 한쪽 구석에서는 분장한 학생들이 까르
르 웃고 있었고, 다른 한쪽에서는 텐트를 설치해 놓고 간단한
먹거리를 팔거나 동아리 홍보 활동을 하고 있었다. 매니저 김
오섭이 습관인 코를 찡긋거리며 말했다.
"어째 우리 때랑 하나도 안 달라졌냐."
"학교가 쉽게 변하겠어요?"
"그런가?"
또다시 코를 찡긋거린 매니저 김오섭이 뒤따라오던 나머지
일행에게 빨리 오라는 손짓을 했다. BFAN 멤버들과 매니저
들이 나타나자 축제를 즐기던 창문고등학교 학생들이 술렁거

렸다.

"와 BFAN이다!"

"진짜로 왔네. 진짜로 왔어."

"브라이언이야! 브라이언!"

"오빠!"

매니저 김오섭은 몰려드는 학생들을 보면서 중얼거렸다.

"먹구름 같네. 어서 들어가자."

임찬규를 비롯한 BFAN 멤버들은 매니저 김오섭의 말대로 먹구름처럼 몰려드는 창문고등학교 학생들을 피해 서둘러 강당으로 향했다. 강당의 현관 입구에는 교복을 입은 몇 명의 학생들이 종이로 된 피켓을 들고 서 있었다. 팬들인 것 같아서 임찬규가 웃으며 다가가려는데 매니저 김오섭이 손으로 어깨를 잡았다.

"왜요?"

"오션스 패밀리야."

"쟤들이 어떻게 들어왔죠?"

"교복을 보니까 이 학교 학생들 같아."

"아이고."

임찬규가 피켓을 든 학생들을 보면서 혀를 찼다. 재작년에 데뷔한 BFAN의 멤버들은 고구려 사신도의 환생이라는 세계관을 가지고 있었다. 그래서 네 명의 꽃미남 멤버들은 각각 북

현무와 남주작, 좌청룡과 우백호를 맡았다. 그래서 팬클럽의 이름도 고구려 백성들이라는 뜻의 여백이라고 불렀다. 음악도 예전에 유행했던 시티팝을 감각적으로 재해석한 곡으로 인기를 끌었다. 소속사의 빵빵한 지원까지 받아 K열풍을 제대로 타게 되었다. 그래서 작년에는 해외 투어도 진행했고, 올 초에 발표한 곡들은 빌보드 차트에 진입하기 시작했다. 데뷔 직후부터 예능에도 활발하게 출연했고, 가벼운 웹 드라마로 유튜브에서도 많은 조회수를 기록했다. 항상 가까이서 만날 수 있는 친근하고 다정한 잘생긴 오빠라는 이미지를 심어 주는 데 성공한 것이다. 법적으로는 미국인이지만 더 없이 한국적인 임찬규와 뭔가 허술해 보이는 리더 브라이언, 에너지 넘치면서도 허당끼가 있는 막내 태준이. 그리고 뭔가 고뇌하고 사색하면서 삐딱선을 타는 드미트리의 캐미가 잘 맞아떨어졌다. 각자 개성 넘치는 캐릭터들이 저인망 그물처럼 팬들을 싹 긁어모은 것이다. 특히, 올 초에 나온 정규 2집 중 타이틀곡인 〈불안을 넘어서〉가 크게 히트를 치면서 바빠졌다. 불안감을 달래 주는 내용이라 청소년들의 많은 공감을 얻은 것이다. 가사를 쓴 임찬규는 혼혈로서 겪었던 정체성 문제를 청소년들의 불안감과 잘 연결시켰다. 반면, 비슷한 시기에 데뷔한 그룹 뉴 오더는 기존의 질서를 무너뜨리고 새로운 세상의 문을 연다는 다소 과격한 콘셉트를 가지고 있었다. 그래서 BFAN의 멤버들이 각자 개성이 뚜렷한 옆집 오빠 같은 느낌이라면 뉴 오더의 다섯 멤버들은 검정색 제복에 사이버펑크 계열의 장신구들을 하고 나오면서 전사 같은 이미지를 줬다. BFAN이 남녀 구분 없이 사랑을 받았다면 뉴 오더는 주로 남학생들의 지지를 받았다. 음악도 헤비메탈 장르에 노래 가사도 기존 질서에 대한 도전과 파괴를 주장했다. 신비로운 느낌을 풍기며, 거기에 발맞춰 음악 활동 이외에 다른 활동들을 잘 하지 않았다. 그런 신비주의에 푹 빠진 팬들이 기하급수적으로 늘어났다. 양쪽 팬덤들은 가수들의 캐릭터부터 음악성은 물론이고 누가 더 인기가 많은지를 놓고 인터넷에서 자주 충돌했다. 어떻게든 상대방 가수를 깎아내리기 위해서 표절을 비롯해서 각종 헛소문들을 지어내고 SNS를 통해 조직적으로 퍼트렸다. 이래저래 양쪽은 극과 극이었다. 뉴 오더의 극성 팬클럽 이름은 오션스 패밀리였다. 이름대로라면 오더스 패밀리여야 했지만 연습생 시절 준비하던 그룹 이름이 오션스 보이들이어서 그렇게 정해졌다. 인기는 어둡고 센 분위기의 뉴 오더보다는 BFAN이 더 많은 편이었다. 사실 뉴 오더도 편안한 분위기로 가려고 했는데 BFAN이 먼저 자리를 잡는 바람에 어쩔 수 없이 방향을 바꿨다는 얘기가 있었다. 그래서인지 연예 기자들은 양쪽을 라이벌로 몰고 갔고, 팬덤들도 자연스럽게 사이가 나빠졌다. 오션스 패밀리는 어떻게든 BFAN을 흠집 내려고 했다. 사실 이런 라이벌 관계가 형성되면 여러모로 나쁘지 않기 때문에 연예계는 블랙핑크와 트와이스, 에스파와 아이브처럼 새로운 라이벌의 대결로 몰고 갔다. 소속사에서도 이러한 구도가 나쁘지 않다고 판단해서 그런지 종종 떡밥을 던졌다. 예를 들어서 BFAN의 새 앨범이 발표되면 오션스 패밀리에서 별점 테러를 했다. 그러면 BFAN의 팬덤에서 뉴 오더의 음악은 짝퉁 헤비메탈이라고 비난했다. 그럴 때마다 연예계와 인터넷은 후끈 달아올랐고, 기사들이 쏟아졌다. 하지만 임찬규를 비롯해서 BFAN의 멤버들이 받는 스트레스는 적지 않았다. 사생팬에 뉴 오더의 팬들까지 가세해서 쫓아다녔기 때문이다. 며칠 전에는 드미트리가 무심코 스타리아의 창문을 열고 코를 후비고 있는 사진이 순식간에 SNS에 퍼지고 말았다. 붉은색이 상징인 남주작을 맡고 있어서 빨강 머리로 염색하고 강한 성격인 것처럼 보이지만 속은 여린 드미트리는 그 사진을 보고 방에서 펑펑 울었다.

강당에 있던 오션스 패밀리들이 일제히 외쳤다.

"짝퉁 표절 그룹 BFAN은 물러가라!"

"창문고등학교 100주년 축제에 BFAN 같은 삼류 그룹이 웬말이냐!"

"BFAN은 코딱지나 먹어라!"

안경을 쓴 덩치 좋은 남학생이 핸드폰을 들지 않은 다른 손

을 불끈 쥐고 선창을 하면 다른 학생들이 따라서 외쳤다. 주변
의 학생들은 흥미롭게 보는 중이었다. 며칠 전 코딱지 사건으
로 기분이 상해 있던 드미트리가 자신을 놀리는 오션스 패밀
리들의 구호를 듣고는 발끈했다. 그걸 본 임찬규가 앞을 막아
섰다.

"쟤들 뒤에 폰 들고 서 있잖아. 여기서 움직이면 두고두고
놀림거리가 될 거야."

"아! 진짜 짜증 나요. 형."

"참아. 쟤들은 그게 인생의 낙이잖아."

드미트리를 다독거리면서 임찬규가 그들 앞을 지나갔다. 일
부러 눈길을 마주치지 않으려고 하는데 구호를 외치던 남학생
이 불쑥 "너네 나라로 가!"라며 소리를 질렀다. 살짝 인상을 쓴
임찬규는 조용히 지나갔다. 그렇게 강당으로 향하는데 강당 현
관에 있던 안경 쓴 선생님이 앞장서서 들어오는 매니저 김오섭
을 보고 반색했다.

"마중 나가려고 했는데 일찍 오셨네요?"

"차가 좀 일찍 와서요. 그나저나 밖에 피켓 들고 있는 애들
은 뭡니까?"

"피켓이요?"

어리둥절해하는 선생님에게 매니저 김호섭이 한숨을 쉬면
서 말했다.

"우리 애들을 비난하는 피켓을 들고 있었습니다. 사장님 부탁으로 어렵게 스케줄 빼서 왔는데 이러면 우리 애들 힘 빠져요."

항의를 들은 선생님이 안경을 끌어올리면서 대답했다.

"죄송합니다. 성용이 짓인 거 같네요."

"이 학교 학생 맞습니까?"

"네. 2학년인데 하라는 공부는 안 하고…."

뒷말을 잇지 못한 선생님이 강당 밖으로 나갔다. 그 모습을 보고 매니저 김오섭이 혀를 찼다.

"부모가 뼈 빠지게 일해서 학교 보내 놨더니, 요즘 애들은 왜 저러는지 모르겠다."

그때 안내 배지를 단 남학생과 여학생 한 명씩이 다가왔다. 호기심과 긴장감이 뒤엉킨 눈빛을 하고 다가온 그들 중 여학생이 먼저 말을 건넸다.

"대기실은 저쪽입니다."

그들을 따라 강당 옆의 긴 복도를 걸어가던 임찬규는 벽에 난 창문을 통해 방금 밖으로 나간 선생님이 피켓을 들고 시위를 하던 오션스 패밀리들을 혼내는 모습을 봤다. 복도 끝에는 종이로 대기실이라고 붙여 놓은 문이 보였다. 문을 열고 안쪽을 살핀 매니저 김오섭이 맨 마지막에 따라오던 박민준에게 말했다.

"넌 밖에서 사람들 못 들어오게 통제해."

옷을 들고 있던 박민준은 어정쩡하게 알겠다고 대답했다. 그런 대답이 마음에 들지 않았는지 눈살을 찌푸린 김오섭이 옷을 건네받고는 거칠게 문을 닫았다.

대기실 문을 닫은 매니저 김오섭은 가방에서 전자기기 탐지기를 꺼내서 구석구석 살폈다. 몇 달 전에 방송사 대기실에서 몰카가 발견된 이후, 항상 먼저 점검했다. 아무 이상이 없다는 걸 확인한 매니저 김오섭이 출입구 말고 다른 쪽 문들을 살폈다. 하나는 대기실에 딸린 화장실이었고, 다른 하나는 단상과 연결된 기계실과 이어지는 문이었다. 때맞춰 메이크업 아티스트에게 전화가 왔다.

"정문으로 들어와서 강당 쪽으로 오면 돼."

매니저 김오섭은 상대방이 잘 알아듣지 못하자 대기실을 서성거리며 소리를 쳤다.

"아이 씨, 왜 말귀를 못 알아들어. 정문으로 오라고, 정문! 공연팀 메이크업 하러 왔다고 하면 되잖아."

분위기가 다시 어색해지자 멤버들은 그냥 각자 앉아서 핸드폰을 들여다봤다. 그 사이, 호기심이 넘치는 임찬규는 들어올 때 매니저 김오섭이 열어 봤던 기계실을 들여다봤다. 철제 케이스에 불이 껌뻑거리는 기계 장치들이 보였고, 그 앞 테이블에는 마이크들이 몇 개 어지럽게 놓여 있었다. 반대쪽 벽에는 커튼이 쳐진 계단이 있었다. 그곳으로 가서 커튼을 살짝 걷자 강당이 보였다. 넓은 나무 바닥에서는 농구나 배구 같은 걸 할 수 있었고, 임찬규가 서 있는 쪽은 단상이라서 강당을 내려다보면서 공연 같은 걸 할 수 있었다. 무엇보다 인상 깊었던 건 벽에 붙은 접이식 농구대였다.

"신기하네."

평소에는 접혀 있어서 공간을 쓸 수 있다가 작동 버튼을 누르면 쫙 펼쳐지면서 농구대가 나오는 형태였다. 농구대 가까이까지 접이식 의자들이 잔뜩 놓여 있었다. 아마 공연 때 학생들이 앉을 의자 같았다. 강당 위쪽으로는 조명 장치들이 붙어 있었고, 양쪽 끝에는 사람 키만 한 스피커가 설치되는 중이었다. 강당은 제법 커서 수백 명은 너끈히 들어올 것 같았다. 그런데 나무로 된 바닥에 물이 흥건히 뿌려져 있었다. 물청소를 했다고 하기에는 너무 흥건했다. 호기심에 살펴보고 있는데 갑자기 등 뒤에서 브라이언의 목소리가 들렸다.

"여기 있었네. 매니저 형이 찾아."

"왜? 메이크업 하래?"

"아니, 누가 찾아왔어."

브라이언을 따라 대기실로 돌아가자 이제 막 도착했는지 분장 도구들을 꺼내 놓는 메이크업 아티스트들이 보였다. 그리고 그 옆으로 배불뚝이에 머리가 반쯤 벗겨진 중년 남자가 서 있었다. 매니저 김오섭은 황당하다는 표정으로 그를 바라보는 중이었다. 머리를 긁적거리던 남자는 임찬규와 브라이언이 들어오자 힐끔 쳐다보고는 다시 매니저 김오섭에게 얘기했다.

"그러니까 신중하게 생각하시라고요."

"아니, 뭘 신중하게 생각해요? 협박 전화 몇 통 왔다고 공연을 취소하라고요? 우리 애들이 방송국 가면 폭파시키겠다는 전화가 하루에도 수백 통씩 옵니다."

매니저 김오섭이 펄펄 뛰는 걸 본 임찬규가 브라이언에게 속삭이듯 물었다.

"무슨 일이야?"

"저, 짭새가 공연을 취소하라고 했나 봐."

"저 사람 경찰이야?"

"응, 무슨 강력계 형사라고 아까 신분증 보여 줬어."

"협박 전화는 또 뭐고?"

"잘 모르겠어. 학교로 우리가 공연하면 강당을 폭파시키겠다는 전화가 왔었나 봐. 학교에서 신고했다고 찾아온 거래."

상황을 파악한 임찬규가 고개를 끄덕거리는데 브라이언이 낮은 목소리로 투덜거렸다.

"진짜 가지가지 하네. 아까 명당이라며?"

"무덤 자리로 명당이라는 뜻이었어."

임찬규의 얘기를 들은 브라이언이 어이가 없는지 코웃음을

쳤다. 그러자 배불뚝이 형사가 자기를 비웃는 줄 알았는지 성
난 눈으로 노려봤다. 분위기가 어색해지자 임찬규가 나섰다.

"형사님이시라고요?"

"강력계 김성준 형사야. 막내딸이 네 팬이라더라."

"고맙습니다. 그런데 저희도 알아야 할 거 같은데요. 무슨
일인가요?"

김성준 형사는 점퍼 안주머니에서 꺼낸 형사 수첩을 펼치면
서 학교에 공연을 하는 강당에 폭탄을 설치했다는 신고가 들어
왔다고 설명했다. 신고가 언제 들어왔는지 묻는 임찬규에게 김
성준 형사는 11시 10분쯤에 교무실로 협박 전화가 왔고, 5분
후에 행정실로도 같은 내용이 전달되었다고 말했다. 공연을 하
면 폭탄을 터트리겠다는 협박을 양쪽으로 했다는 말에 임찬규
는 고개를 저었다.

"그럼 일단 가짜일 가능성이 높아요."

임찬규가 단언하자 김성준 형사가 물었다.

"왜?"

"첫 번째 협박 전화는 행정실에 하고 잠시 후에 교무실에 했
잖아요. 혹시 행정실에서 신고를 하지 않고 묵살할까 봐 교무
실에 따로 한 거였을 거예요."

"아!"

짧게 감탄사를 날린 김성준 형사에게 임찬규가 계속 말했다.

                                          정 명 섭

"그리고 학교 내부인 소행 같아요."

"왜 그렇게 생각하는 건데?"

"우리 스케줄은 사흘 전에 결정되었어요. 아마 학교에는 오늘 오전에 알려졌을 거고요. 그러니까 오전 11시라면 우리가 오늘 온다는 걸 외부인들은 몰랐을 겁니다."

잠깐 생각하던 임찬규가 덧붙였다.

"교무실로 먼저 전화를 건 것도 내부자라는 증거예요."

"왜?"

"인터넷에 학교 이름으로 검색하면 행정실이 대표전화로 나와요. 교무실은 홈페이지로 들어가야 나오고요. 그러니까 협박 전화를 한 사람은 창문고등학교 교무실 전화번호를 사전에 미리 알고 있다는 뜻이잖아요."

임찬규의 얘기를 들은 김성준 형사가 넋이 나간 표정으로 바라봤다.

"막내딸이 네가 탐정이라고 하더니 진짜네."

그러자 매니저 김오섭이 나섰다.

"보기보다 똑똑해요. 쟤 아버지가 미국의 유명한 탐정이거든요. 핑, 핑거스 탐정 사무소."

별로 듣고 싶지 않은 얘기가 나오자 임찬규는 표정 관리를 하지 못했다. 김성준 형사가 형사 수첩을 덮으면서 얘기했다.

"핑커톤 전미탐정사무소 말이구나."

"거기 아세요?"

놀란 임찬규의 물음에 김성준 형사가 씩 웃었다.

"추리소설 마니아야. 경찰이 된 것도 그거 때문이고. 아무튼 위험성이 없다고 해도 일단 조심하는 게 좋을 거 같아."

"그런 이유로 공연을 취소하면 학생들이 가만 있지 않을 거 같은데요?"

임찬규의 말에 옆에 있던 김오섭 매니저가 끼어들었다.

"그렇게 위험하면 아예 경찰차를 보내요. 그리고 정식으로 공연을 취소하라고 공문이든 협조 요청을 해서 학교가 취소하면 우리가 그냥 갈게요."

김오섭의 얘기를 들은 김성준 형사가 난감한 표정을 지었다.

"사실, 저도 그냥 알아보라는 지시 정도만 듣고 와서요."

"그럼 윗사람한테 물어보세요. 저도 사장님한테 전화해 볼게요."

김오섭 매니저가 핸드폰을 꺼내서 김성준 형사가 난감한 표정을 지었다. 그걸 본 임찬규가 나섰다.

"잠깐만요. 아까 밖에서 오션스 패밀리 애들을 만났어요."

임찬규의 말에 김성준 형사가 눈살을 찌푸렸다.

"조폭 같던데."

"그냥 우리 라이벌 팬들이에요. 아까 밖에 피켓을 들고 있었는데 개들을 먼저 조사해 봐야 할 거 같은데요."

"어, 아까 얘기한 것처럼 그냥 조사차 나온 거라."

"그러면 조사를 하시면 되겠네요. 저랑 같이."

"너랑?"

김성준 형사가 얼떨떨한 표정으로 묻자 임찬규가 대답했다.

"뭔가 걸리는 게 있어서요. 만약 조사했는데 별거 안 나오면 그냥 공연하면 되잖아요. 어차피 공연은 오후 2시라 시간은 많아요."

임찬규는 라이브가 아니라 연습할 필요가 없다는 얘기는 차마 하지 못했다. 그리고 사장님에게 전화를 걸려던 매니저 김오섭을 설득했다.

"사장님 모교 행사인데 이런저런 잡음 나면 안 좋잖아요. 조사해 보고 별거 아니면 올라가고 문제가 있으면 그때 보고하는 게 어때요?"

단칼에 상황을 정리한 임찬규의 얘기에 다들 얼떨떨해했다. 다른 멤버들 역시 마찬가지였는데 브라이언이 불쑥 손을 들고 찬성이라고 말했다. 태식이와 드미트리 역시 찬규 말대로 하자고 이구동성으로 얘기했다. 결국 매니저 김오섭이 두 손을 들었다.

"알았다. 대신 메이크업 먼저하고 옷부터 입어. 언제 공연할지 모르니까."

잠시 뒤에 김성준 형사가 기계실에서 피켓을 든 아이들과

면담을 하기로 했다. 제일 먼저 메이크업을 하고 의상을 갈아입은 임찬규는 기계실과 강당 사이의 커튼 뒤에서 대화를 들어보기로 했다. 임찬규는 김성준 형사에게 몇 가지 질문 내용들을 알려 줬다. 형사 수첩에 받아 적던 김성준 형사가 감탄하는 눈치를 보였다.

"명탐정 캐릭터는 예능에서 하던 게 설정이 아니었어?"

"제가 나온 예능을 보셨나 봐요."

아차하는 표정을 지었던 김성준 형사가 씩 웃었다.

"사실은 나도 네 팬이야."

"잘 부탁드려요. 이번 일은 아무래도 불안 때문인 거 같아요."

"협박 전화를 하는 게?"

어이가 없다는 표정을 지은 김성준 형사에게 임찬규가 대답했다.

"자기가 좋아하는 아이돌 그룹이 성공하지 못하는 걸 자신의 실패로 받아들이는 경우가 많아서요. 그래서 사재기를 하는 정도를 넘어서서 다른 아이돌 그룹에 대해서 안 좋은 소문을 퍼트리는 안티 활동을 해요. 저는 그게 청소년들의 불안 때문이라고 봐요."

"그럴듯하네. 나중에 아버지처럼 탐정할 거야?"

아버지 얘기가 나오자 임찬규는 어색하게 웃었다.

"사실 어릴 때 헤어져서 얼굴도 잘 못 봤어요."

"이런, 미안."

"아뇨, 괜찮아요. 이제 시작하시죠."

"오케이."

유쾌하게 외친 김성준 형사가 마이크가 놓여 있던 테이블에 앉았다. 잠시 후, 강당 현관에서 만났던 선생님이 창문고등학교 학생 한 명을 데리고 들어왔다. 피켓을 들고 시위를 하던 오션스 패밀리 중 한 명으로 가장 키가 크고 마른 친구였다. 노란색 셔츠에 흰색 뿔테 안경을 쓰고 있어서 너무나 눈에 잘 띄었다. 학생의 어깨를 툭 친 선생님이 나가자 김성준 형사가 빈 의자를 가리켰다. 학생이 의자에 앉자 김성준 형사가 형사 수첩을 들여다보면서 말했다.

"지금 물어보는 건 공식적인 조사가 아니야. 그러니까 대답을 안 해도 상관없어. 다만, 조사 과정에서 범죄 혐의점이 발견되면 법적인 절차에 들어갈 거야. 그러니까 신중하게 생각하고 대답해라."

"네."

"이름이 뭐니?"

"안민철이요."

"민철아, 아까 피켓 들고 서 있었지. 강당 밖에서."

"네."

"누구한테 듣고 기다리고 있던 거니?"

"회장한테요."

"회장이 누군데?"

"석화요."

민철이의 대답을 들은 김성준 형사가 형사 수첩을 꺼내들었다.

"가만있어 보자. 이석화 맞니? 구호 외치고 핸드폰으로 촬영한 애."

"네."

"석화는 누구한테 들었대?"

"몰라요. 축제 준비하고 있는데 BFAN이 온다고 항의 시위하자고 해서 나선 거예요."

"그게 몇 신데?"

김성준 형사의 질문에 민철이는 잠시 생각해 보다가 대답했다.

"동아리 텐트 설치가 끝나고 세팅하기 시작했을 때니까 10시 반쯤이었어요."

민철이는 형사 수첩에 자신의 대답을 적는 김성준 형사에게 말했다.

"그거 자작극이에요."

"자작극이라니."

"공연을 하면 강당을 폭파시키겠다는 협박 전화요. BFAN 짓이라고요."

"뭐라고?"

김성준 형사의 반문에 민철이가 진지하게 대답했다.

"그 협박 전화를 한 게 걔들 짓이라고요. 그러고도 남을 놈들이에요."

"걔들이 뭐가 아쉬워서."

"여기서 라이브를 하면 실력이 들통날 거 같으니까 빠져나가려고 자작극을 벌인 겁니다."

민철이가 진지한 표정으로 얘기하자 김성준 형사가 어이없다는 표정으로 바라봤다. 그러자 민철이가 주먹을 불끈 쥔 채 말했다.

"걔네 소속사 대표가 창문고등학교 졸업생입니다. 그 빽을 쓴 게 틀림없어요."

커튼 뒤에서 얘기를 듣던 임찬규는 속으로 환장하겠다고 중얼거렸다. 오기 싫은 스케줄을 억지로 와서 이런 일에 휩쓸렸다는 생각에 짜증이 확 치솟았다. 그럼에도 어떤 불안감이 이 아이들로 하여금 왜 이유 없이 누군가를 미워하고, 증오하게 하는지 궁금했다. 그 뒤로도 민철이는 협박 전화가 자작극이라고 목소리를 높였다.

"원래 이런 식으로 협박 전화가 오면 가까운 사람부터 조사해야 하지 않나요?"

"그래서 너희들을 조사 중이잖아. 때맞춰서 항의 시위를 했으니까."

"우린 정당한 행동을 한 거라고요. 걔들을 조사하세요. 걔들을."

핏대를 세우는 민철이를 어이없다는 표정으로 바라보던 김성준 형사가 말했다.

"지금 행정실 전화는 자동 녹음 기능이 있어서 협박 전화를 한 목소리를 확인할 수 있어. 지금은 조사 차원이지만 만약 문제가 되면 그걸로 협박범이 누군지 확인에 들어갈 거야. 아! 영장을 받으면 전화를 한 장소를 알아낼 수 있어."

"설마 핸드폰으로 했겠어요? 공중전화 같은 걸 썼겠죠."

"공중전화가 있는 곳 근처 CCTV랑 자동차 블랙박스를 뒤지면 누가 전화한 건지 금방 나와."

김성준 형사의 얘기를 들은 민철이의 표정이 굳어졌다. 형사 수첩을 천천히 덮은 김성준 형사가 덧붙였다.

"TV나 영화에 맨날 속고 깨지니까 경찰이 우스워 보이지? 만약 BFAN 소속사에서 공개 조사를 요구하면 금방 결론 날 거야."

"걔네들 짓이에요. 그런 짓들 하고도 남을 놈들이라고요."

"그게 밝혀지면 더 좋겠네. 요즘 협박 전화에 대한 처벌 수

 　　　　　　　　　　　정 명 섭

위가 높아져서 말이야. 최소한 생기부에는 남겠지. 그러면 대학 입학할 때 굉장히 힘들 거야. 물론 네가 엮인 게 아니라면 아무 문제 없지만 말이야."

확실히 경찰 생활을 오래 해서 그런지 사람의 심리를 확 조였다. 기세등등하던 민철이는 이제 식은땀을 흘리며 안절부절못하고 있었다. 그러다가 수첩을 덮고 딴청을 피우는 김성준 형사에게 말했다.

"저, 할 얘기가 있는데요."

"말해 봐."

"시위가 시작되기 전에 지웅이가 잠깐 자리를 비웠어요."

"언제?"

"11시 즈음이요."

"갔다가 언제 돌아왔는데?"

"걔들이 도착하기 직전에요. 12시 조금 안 되었을 때요."

"어딜 갔다 왔다고 했는데?"

"처음에는 배가 아프다고 화장실을 간다고 했어요. 그랬다가 돌아와서는 자기 반 애들이 분장하는 거 도와주느라 늦었다고 했는데 거짓말이에요."

"몇 반인데?"

"3반이요. 2학년 3반."

"근데 거짓말인 건 어떻게 알아?"

"걔 왕따예요. 특히 반 아이들이랑 사이가 나쁜데 뭘 도와줘요."

마치 지웅이가 뭔가 의심스럽다는 뉘앙스의 얘기를 한 민철이가 나가자 임찬규가 커튼을 걷고 안으로 들어갔다. 형사 수첩을 다시 펼친 김성준 형사가 힐끔 바라봤다.

"오늘 너희들이 공연한다고 학교에 알려진 게 오전이었지?"

"그런 걸로 알고 있어요."

"시위를 주도한 이석화도 그때쯤에 알았겠네. 그리고 패거리들을 모아서 시위를 한 거고. 걔들 중에 누군가가 협박 전화를 했다고 생각하는 거야?"

"진짜 공연을 막을 생각이었다면 시위보다는 협박 전화가 더 효과적이긴 하잖아요."

"그렇긴 하지. 그나저나 지웅이라는 애가 협박 전화를 하러 자리를 비웠을까?"

"대략 자리를 비운 시간이 30분 정도고 협박 전화가 처음 온 게 11시 10분 즈음이니까 10분 정도 거리 안에 공중전화 박스가 있는지 확인하면 되겠네요."

"그리고 지웅이가 거기에서 전화를 했는지 알아보면 되겠군. 잠깐만."

김성준 형사가 경찰서로 전화를 걸어서 부하 직원에게 창문고등학교 주변 공중전화의 CCTV를 확인해 보라는 지시를 내렸다. 그리고 바로 다음 학생을 불렀다. 이번에는 체구가 작고 바가지 머리를 한 친구로 이름은 나형준이었다. 시위대 중에서 가장 소심한 모습을 보였던 걸로 기억한 임찬규가 커튼 뒤에서 바라보는 사이 김성준 형사의 질문이 시작되었다.

"모이라는 연락은 언제 받았어?"

"10시 좀 넘어서요. 카톡으로 BFAN이 오니까 강당으로 모이라고 했어요."

"그래서 몇 시에 도착했는데?"

"11시 좀 안 돼서요. 반 아이들이 분장하는 거 도와주느라 늦는다고 했어요."

"피켓은 누가 만든 거야?"

"회장이 만든 거죠."

당연한 걸 왜 물어보느냐는 형준이에게 김성준 형사가 물었다.

"그러니까 10시 좀 넘어서 카톡으로 모이라는 연락을 받고 11시가 좀 안 돼서 강당에 도착했다는 거네. 피켓은 이미 준비되어 있었고."

"네."

"지웅이는 언제 자리를 비운 거지?"

"제가 도착한 직후에요. 화장실 간다고 했다가 거의 1시간 만에 왔어요."

생각만 해도 짜증 난다는 표정으로 얘기한 형준이에게 김성준 형사의 질문이 이어졌다.

"회장은 BFAN이 오는 건 어떻게 알았대?"

"모르겠어요. 아마 총대에게 연락을 받은 거 아닐까요?"

"총대?"

"팬클럽 대표요."

한심해하는 형준이의 시선에 김성준 형사는 헛기침과 함께 질문을 이어 갔다.

"그런데 학교 안에서 이런 거 하면 쪽팔리지 않아?"

"애들이 뭐하는 짓이냐고는 하는데 할 건 해야죠."

"혹시 회장인 석화가 억지로 시킨 건 아니고?"

김성준 형사의 물음에 형준이가 피식 웃었다.

"개가 억지로 시킨다고 누가 하겠어요?"

"석화가 일진이나 그런 거 아니었어?"

"범생이에 뉴 오더 빠돌이에요. 학교에서도 골 때린다는 소문이 있어서 잘 안 어울린다고요."

"너희들은 왜 어울리는 거야?"

"그냥, 같은 오션스 패밀리니까요. 이것저것 정보도 잘 물어오고 티켓도 잘 구해 와서요. 그래서 회장시켜 준 거예요."

"시위를 할 때 석화는 계속 그 자리에 있었니?"

"네. 자리를 뜬 걸 본 적 없어요."

그 뒤로 몇 가지를 더 물어본 김성준 형사가 형준이를 내보냈다. 커튼 뒤에서 잠시 생각에 잠겨 있던 임찬규는 밖으로 나왔다. 그리고 형사 수첩을 덮고 하품을 하던 김성준 형사에게 회장이 강압적으로 시위에 나오라고 시킨 건 아닌 것 같다고 말했다. 김성준 형사도 동의하면서 이상한 점을 알아챘느냐고 물었다. 임찬규가 느낌이 안 좋다고 대답하자 김성준 형사는 피식 웃으면서 감에 의지하는 것이냐고 물었다. 임찬규가 형사도 그런 게 있지 않느냐고 묻자 김성준 형사가 고개를 끄덕거리며 덕분에 칼에 한 번도 맞지 않았다고 자랑했다. 임찬규가 곰곰이 생각하다가 입을 열었다.

"협박 전화를 했으면 굳이 시위를 할 필요가 없었을 거예요."

"애들이 제정신이 아닌 거 봤잖아. 너네가 여기서 공연 안 하려고 꼼수를 썼다잖아."

생각만 해도 어이가 없어진 임찬규가 씩 웃으며 말했다.

"걱정했던 게 학교 폭력이었는데 들어보니 그건 아닌 거 같네요."

"동감. 거기다 리더는 내내 자리에 있었다고 했으니까 용의 선상에서는 빼도 되겠네."

"아뇨, 지웅이에게 몰래 시켰을 수도 있죠."

"다음이 지웅이 차례인데 제대로 대답할까?"

"둘이 짜고 했든, 혼자 했든 따로 얘기하지는 않았을 겁니다."

"그럼, 밀어붙여 볼까?"

"아뇨, 다른 걸로 흔들어 봐요. 불안하게 만들어야죠."

그러면서 김성준 형사에게 몇 가지 말을 건네주고는 커튼 뒤로 숨었다. 잠시 후, 지웅이가 들어왔다. 헝클어진 머리에 창백한 얼굴을 한 지웅이는 들어오자마자 자리에 앉았다.

"조사할 필요도 없어요. 걔들 자작극이라니까요."

"협박 전화 때문에 부른 거 아니야."

"그럼요?"

다소 놀란 지웅이에게 김성준 형사가 시위를 하던 아이들이 임찬규 앞에서 그의 부모 욕을 했다고 말했다. 소속사에서 그걸 문제 삼을 생각인 것 같다고 하자 지웅이가 놀란 표정으로 그런 적이 없다고 대꾸했다. 하지만 김성준 형사가 다른 아이들이 자백했고, 증거도 있다고 말했다. 그러면서 영상이 아니라 목소리만 있어서 누가 말했는지는 더 조사해야 한다고 얘기했다. 그러자 지웅이는 자기는 아니라고 손사래를 쳤다. 김성준 형사가 기다렸다는 듯 그러면 누가 욕을 했느냐고 묻자 들은 적이 없다고 대꾸하면서 걔네들의 자작극이라고 목소리를 높였다. 하지만 김성준 형사는 목소리를 분석하면 알 수 있다면서 어깨를 으쓱거렸다. 그러면서 욕 한 번 한 거 가지고 경찰이 움직이지는 못하지만 BFAN 소속사에서 인종 차별로 몰고 갈 거 같다고 덧붙였다. 그리고 은근슬쩍 물었다.

"부모님 뭐 하시니?"

"가, 가게 하세요. 핸드폰 가게."

대답을 들은 김성준 형사가 혀를 찼다.

"아이고, 당분간 문 닫으시라고 해. 언론이나 여백이들이 쳐 들어가서 난리칠 거야."

"저, 정말이요?"

놀란 지웅이에게 김성준 형사가 어깨를 으쓱거렸다.

"지난달에 태준이한테 맞았다고 헛소문 퍼트린 애 있지? 걔 네 부모님이랑 친척들 싹 다 털려서 지방으로 이사 갔어. 그나 저나 여기 일진이 여백이라는 소문이 있던데?"

"철진이는 아이돌 그룹에게 관심 없어요."

절박한 지웅이의 외침에 김성준 형사가 깍지 낀 손으로 턱 을 괸 채 바라봤다.

"만약, 임찬규나 누가 불러다가 어깨동무하고 친한 척 하면 서 너희들 좀 괴롭혀 달라고 부탁하면? 걔네들은 그러고도 남 을 놈들이잖아."

김성준 형사의 말에 불안감이 커진 지웅이가 결국 자백을 했다.

"아, 알았어요. 석화가 하는 소리 들었어요. 나는 입 다물고 있었다고요."

"회장 말이지?"

"네, 걔가 시키는 대로 한 거뿐이에요. 부모님이 고깃집 하다가 망하고 남은 돈으로 차린 핸드폰 가게라 이번에 망하면 진짜 큰일 나요."

거의 울 것 같은 지웅이의 표정을 본 김성준 형사가 무덤덤하게 왜 이런 일에 끼어들었느냐고 안타까워하는 척을 했다. 그러자 지웅이는 자기 잘못도 아닌데 왜 가족들이 피해를 입어야 하느냐고 억울해했다. 커튼 뒤에서 그 얘기를 들은 임찬규는 발끈했다. 이유 없이 자신에게 욕을 한 녀석과 같이 있었고 침묵으로 동조했기 때문이다. 김성준 형사도 같은 생각이었는지 혀를 찼다.

"어쩌자고 요즘 같은 세상에 인종 차별을 하는 애들이랑 어울린 거야? 매니저랑 소속사랑 통화하는 거 봤는데 아주 단단히 마음먹은 거 같더라."

걱정해 주는 것 같았지만 사실은 조롱하는 말투였다. 지웅이는 못 알아차렸는지 계속 도와달라는 말만 했다. 그러자 김성준 형사가 물었다.

"강당 앞에서 시위할 때 자리를 비웠다고 하던데 어디 갔었어?"

"어, 언제요?"

"시위할 때 말이야. 대략 10시 반에 연락 받고 11시 즈음에 모였는데 그때 화장실 간다고 하면서 거의 한 시간 만에 돌아왔다면서?"

"화장실 갔다오다가 반 아이들이 분장하는 거 도와주느라 늦었어요."

"아이들한테 확인해 볼까?"

"그, 그러세요."

마치 기다렸다는 듯 자신 있게 대꾸하는 걸 들은 임찬규는 뭔가 이상한 걸 느꼈다. 마치 알리바이를 만들어 놓은 것 같은 느낌이 들었기 때문이다. 김성준 형사 역시 같은 느낌을 받았는지 더 이상 추궁하지 않고 넘어갔다. 그 뒤로 몇 번 의미 없는 질문이 오고가면서 얘기가 끝났다. 거의 울 것 같은 표정의 지웅이가 나가고 임찬규가 커튼 밖으로 나오자 김성준 형사가 한숨을 쉬었다.

"예상 밖인데."

"그렇긴 한데 앞서 얘기한 친구 말이 맞으면 알리바이를 만들려고 한 거 같아요."

"일부러."

"네. 그것도 사이가 나쁜 반 친구 눈에 띈 거잖아요. 나중에 혹시나 증인을 매수하거나 조작했다는 의혹을 차단하려고 그런 게 분명해요."

"그럼 무슨 짓을 하고 그걸 숨기려고 했단 말이야?"

"확신하는 건 아니지만 그럴 가능성이 높아요."

임찬규의 얘기를 들은 김성준 형사가 나지막하게 욕설을 내뱉었다. 그러고는 전화기를 꺼냈다.

"일단 강당을 수색할 수 있는 인력을 지원해 달라고 해야겠다."

"잠깐만요. 그러면 일이 진짜 커질 수 있어요."

"그럼 어쩌자고."

"형사님이 석화랑 얘기를 좀 나누고 계세요. 그 사이에 제가 알아볼게요."

"뭘?"

"몇 가지 걸리는 게 있어서요."

김성준 형사와 얘기를 나눈 임찬규는 대기실로 돌아왔다. 팔짱을 긴 채 의자에 앉아 있던 매니저 김오섭이 고개를 들었다.

"어떻게 됐어?"

"조사하는 중이에요."

"야, 공연까지 두 시간 남았어. 강당에는 벌써 애들이 들어와 있고 말이야."

매니저 김오섭에게 얘기를 듣고 잠깐 생각하던 임찬규는 아까 강당을 봤을 때의 모습과 학생들이 조사를 받으면서 했던 얘기들을 떠올렸다. 뭔가 생각이 나긴 했지만 구체적이지는 않았다. 몇 가지 확인할 게 있다는 말을 남긴 임찬규는 대기실 밖 문을 열었다. 문을 지키고 있던 로드 매니저 박민준이 깜짝 놀랐다.

"어디 가게."

"잠깐 누굴 만나려고요."

복도에 서성거리던 학생들이 비명을 질렀다. 가볍게 손을 흔들어 주고 강당 밖으로 나온 임찬규는 운동장 주변 육상 트랙 위에 줄지어 세워진 천막들 쪽으로 걸어갔다. 한쪽은 동아리 모임들이 있는 천막이었고, 다른 한쪽은 반 별로 구성된 천막들이었다.

"지웅이가 2학년 3반이라고 했지."

2학년 3반이라는 팻말이 붙은 텐트 안에서는 해리포터와 친구들로 분장한 반 아이들이 보였다. 의자에 걸터앉아서 떠들고 있던 학생들이 임찬규를 보고는 비명을 질렀다. 비명 소리가 가라앉기를 기다리던 임찬규가 물었다.

"반장이 누구니?"

아이들의 손가락이 일제히 헤르미온느로 분장한 여학생을 가리켰다. 당황했는지 헤르미온느 가발을 손가락으로 비비 꼬던 반장에게 다가간 임찬규가 물었다.

"물어볼 게 있는데 잠깐 시간 내 줄래?"

"무, 물론이죠."

눈을 동그랗게 뜬 반장을 데리고 천막 뒤로 갔다. 양쪽으로 아이들이 몰려왔지만 알아서 거리를 띄워 줘서 얘기는 나눌 수 있었다. 지웅이가 텐트에 들렀느냐는 물음에 반장은 짜증 나는 표정으로 11시쯤 와서 근처에서 어슬렁거리다가 11시 반쯤 갑자기 강당 쪽으로 돌아갔다고 말했다. 반장의 얘기를 들은 임찬규는 고개를 돌려서 방금 걸어온 강당 쪽을 바라봤다. 인파에 가려지긴 했지만 강당 입구가 얼핏 보였다. 운동장만 가로질러 가면 되기 때문에 천천히 걸어도 2~3분이면 충분했다. 그런데 지웅이가 다시 동료들 앞에 나타난 건 12시가 다 될 무렵이었다. 최소한 20분 정도가 사라진 셈인데 뭔가를 하기에는 애매한 시간이었다. 무엇보다 교무실과 행정실로 협박 전화가 온 다음이었다. 하지만 뭔가 빠진 게 있을 거 같다는 생각에 질문을 이어 갔다. 평소와 다른 얘기나 움직임이 있었느냐는 물음에 반장은 지웅이가 손에 뭘 들고 있었다고 말했다.

"뭔데?"

임찬규의 물음에 잠깐 생각하느라 허공을 바라보던 반장이 대답했다.

"동그란 거요."

"밧줄?"

"아뇨. 검정색 전선 같은 걸 동그랗게 말아서 손에 쥐고 있었어요. 제가 쳐다보니까 손 뒤로 숨기더라고요."

"평소에도 그런 걸 들고 다녔니?"

"전기에 관심이 많았어요. 가끔 재수없는 소리도 하고 다녔고요."

"무슨 소리?"

임찬규의 물음에 반장이 얼굴을 찡그렸다.

"전기로 자기를 왕따시키는 애들을 혼내 주겠다는 말을 하고 다녔어요. 실제로 전기로 쥐를 잡는 트랩 같은 걸 가지고 와서 보여 준 적도 있었고요."

"전기, 전기라고?"

순간, 임찬규의 머릿속에 강당 바닥에 흥건하게 뿌려졌던 물과 접이식 농구대, 그리고 지웅이가 들고 있다가 감췄다는 검정색 전선이 한번에 연결되어 펼쳐졌다. 강당 쪽을 바라본 임찬규는 최대한 침착하게 인사를 했다.

"얘기 고마워."

"사진 찍어 주시면 안 돼요?"

허둥거리며 핸드폰을 꺼내는 반장과 셀카를 찍은 임찬규는 강당 쪽으로 뛰어갔다. 아까 시위를 하던 오션스 패밀리들이 현관 근처에서 서성거리는 게 보였다. 회장인 석화가 등을 진 채 아이들과 얘기를 나누는 중이었다. 그러다가 아이들의 반응을 보고는 돌아서서 임찬규와 눈이 마주쳤다. 김성준 형사에게 무슨 얘기를 들었는지 잔뜩 주눅이 든 상태였다. 지웅이가 없는 걸 확인한 임찬규가 물었다.

"지웅이 어딨어?"

아이들이 모른다고 하자 임찬규는 서둘러 강당 안으로 들어 갔다. 강당 안은 몇 시간 후에 있을 공연을 보기 위해 먼저 자 리를 잡은 학생들로 가득했다. 간혹 접이식 의자를 놓고 쟁탈 전을 벌이는 모습도 보였다. 그리고 벽에 붙은 오른쪽 농구대 에 검정색 선 같은 게 걸려 있는 게 보였다. 림에 살짝 걸쳐져 있지만 농구대가 펴지면 아래쪽으로 흘러내릴 것 같았다. 농 구대는 모든 부분이 금속으로 되어 있었다.

"맙소사."

환호성을 지르는 아이들을 지나서 공연 할 단상 쪽으로 간 임찬규는 강당에서 만난 선생님을 봤다. 그 옆에는 아까 대기 실로 안내를 해 준 남녀 학생들이 대걸레를 들고 바닥을 닦는 게 보였다. 처음 왔을 때 강당 바닥에 홍건하게 고여 있던 물을 닦는 것 같았다. 임찬규는 다급하게 선생님에게 물었다.

"이 물 누가 뿌려 놓은 거예요?"

"몰라요. 저쪽 화장실에서 호스를 연결해서 물을 틀어 놨나 봐요. 급하게 닦긴 했는데 시간이 없어서 큰일이네요."

선생님의 얘기를 들은 임찬규는 비로소 지웅이가 사라진 20분 동안 뭘 했는지 알아차렸다. 그때, 거친 기계음과 함께 오른쪽 농구대가 천천히 펼쳐지기 시작했다. 하지만 학생들은 무대를 쳐다보느라 아무도 신경 쓰지 않았다.

"젠장!"

이러다 큰일이 나겠다 싶어서 주변을 두리번거리는데 단상 위에서 매니저 김오섭이 마이크를 들고 서 있는 게 보였다. 아마 마이크 테스트 중인 것 같았다. 한걸음에 뛰어간 임찬규는 마이크를 뺏어서 외쳤다.

"자! 학생 여러분 지금 당장 의자 위로 올라가 주세요. 가장 빨리 올라간 사람에게 선물을 드리겠습니다."

학생들은 선물을 준다는 말에 너도 나도 올라갔다. 그 사이, 농구대가 완전히 펴졌고, 림에 걸려 있던 전선이 바닥에 닿았다. 그 순간, 바닥에서 어마어마한 양의 스파크가 튀었다.

"아악!"

거기에 하얀 연기까지 치솟으면서 학생들이 자지러지는 비명 소리가 강당 안에 메아리쳤다. 전류가 흐르면서 바닥에 있던 물기에서 연기가 피어올랐다. 놀란 매니저 김오섭이 그대로 엉덩방아를 찧었다.

잠시 후, 강당의 모든 전기가 자동으로 차단되었다. 불이 꺼지자 학생들이 손으로 입을 가린 채 강당 밖으로 나갔다. 대기실에 있던 김성준 형사가 놀란 표정으로 나와서 두리번거렸다.

"무, 무슨 일이야?"

마이크를 들고 있던 임찬규가 대답했다.

"어떤 미친놈이 축제를 망치려고 했어요."

"누가?"

"지웅이요. 강당 바닥에 물을 뿌려 놓고 접이식 농구대에 전선을 걸어 놔서 다들 감전시키려고 한 거였어요."

"미친놈! 전부 죽이려고 든 거야!"

"죽을 정도는 아니지만 공연을 망칠 정도는 되었을 거예요."

임찬규의 애기를 들은 김성준 형사는 지웅이를 잡겠다고 씩씩거리며 뛰쳐나갔다. 그 사이, 혼란은 대략 수습이 되었다.

다행히 크게 다친 사람은 없었다. 바닥에 뿌려진 물을 대걸레로 많이 닦아 냈고, 찬규가 의자 위로 올라가라고 소리친 덕분에 대부분의 학생이 올라갔기 때문이다. 스파크가 튀는 걸 보고 충격을 받은 남학생 한 명과 의자에서 내려오다가 발목을 삐끗한 여학생 한 명 정도가 눈에 띄게 다친 정도였다. 대기실에 있는 멤버들도 나와서 놀란 눈으로 지켜봤다. 어수선한 광경을 보던 브라이언이 소매를 걷더니 마이크를 잡았다. 그걸 본 임찬규가 말했다.

"시작하게?"

"그 녀석이 우리 공연을 망치려고 했다며? 그러면 공연을 해야지. 안 그래?"

브라이언의 물음에 드미트리와 태준이가 동의한다는 듯 고개를 끄덕거렸다. 옆에서 지켜보던 매니저 김오섭이 기술자들에게 손짓을 했다. 조명이 환하게 켜지면서 노래의 전주가 흘러나왔다. 어수선해 하던 학생들은 음악이 나오자 환호성을 질렀다. 각자 위치를 잡고 포즈를 취한 멤버들이 서로를 바라보면서 호흡을 가다듬었다. 그리고 임찬규가 마이크를 잡았다.

"여러분, 미래에 대한 고민, 친구들과의 관계, 부모님과의 문제 등 학교 생활하며 많이 불안하시죠? 오늘 한 친구가 그 불안을 분노로 폭발시켰습니다. 혼자가 된다는 불안감에 모든 걸 파괴시키겠다고 마음먹은 거 같아요. 하지만 분노한다고 불안이 사라지는 건 아닙니다. 다 이해해요."

강당은 쥐 죽은 것 같은 분위기였다. 그런 아이들을 물끄러미 바라보던 임찬규는 한쪽 주먹을 치켜들었다.

"이제 불안을 떨쳐 버리고 다 함께 즐깁시다. 다 함께 즐길 준비되었나요?"

아이들은 모두 준비되었다고 목청껏 외쳤다. 임찬규는 멤버들을 바라보며 말했다.

"시작하자!"

안전지대

김 민 성

김민성

책, 게임, 만화, 웹툰, 드라마, 요리, 아내와 나누는 잡담 등 소소하고 재미있는 것은 물론 멍하니 상상하는 것도 좋아한다. 그동안 정수기 영업, 붕어빵 장사, 택배 상하차, 학습지 교사, 국회의원 선거 홍보, 동화책 홍보, 카드 뉴스, 책 소개 영상 제작 등을 해 왔다.

『우리 반 테슬라』『요괴 사냥꾼 이두억』『종말 후 첫 수요일, 날씨 맑음』『다시 피는 오월』『10대를 위한 데일 카네기 인간관계론』『10대를 위한 데일 카네기 자기관리론』『10대를 위한 데일 카네기 성공대화론』 등을 출간했다.

프롤로그

처음엔 다들 그냥 '스트레스성 폭력 사건'이라고 불렀다. 쪽지 시험지를 돌려받던 고등학생이 갑자기 선생님에게 펜을 집어던졌다. 어떤 중학생은 친구의 정말 사소한 장난에 불같이 화를 내며 책상을 뒤엎었다. 면접에서 떨어진 취준생은 지하철에서 울분에 차 소리를 지르며 주먹을 휘둘렀다. 도시 곳곳에서, 아주 사소한 자극에 대한 필요 이상의 공격성이 터져 나왔다.

각종 사건을 다루는 방송과 유튜브 쇼츠에는 연일 소재가 넘쳐 났다. 화면을 보며 사람들은 혀를 찼고, 고개를 저었다.

"요즘 사람들 왜 저렇게 예민하대?"

하지만 그건 단순한 감정 폭발이 아니었다. 분명, 점점 심해졌고 점차 전염되고 있었다.

의학계가 주목한 건 패턴이었다.

감정이 폭발하기 직전, 사람들은 모두 같은 증상을 보였다. 동공 확대, 과호흡, 손떨림, 그리고 특정 단어들을 반복해서 중 얼거렸다.

"나는 안 돼."

"나는 이상해."

"다 내 탓이야."

인간의 감정이 임계점을 넘는 순간, 뇌에서 감정을 감당하는 편도체가 과부하를 일으켰다. 이것을 조절해야 할 전두엽이 타 버렸다. 그리고 28시간 후, 그들은 인간이기를 멈췄다.

시험을 앞둔 학생이 "나는 안 될 거야"라고 1000번쯤 되뇌는 순간.

SNS에 올라온 악플에 "내가 왜 이런 소리를 들어야 해?"라 며 998번째 자책하는 순간. "어휴. 이번에도 또 떨어졌어?"라 고 물을 때 치밀어 오르는 분노를 1001번째 꾸욱 삼키는 그런 순간. 한 번 더 그 감정을 반복하며 동공이 풀렸다. 초점이 사 라졌다. 사람이 사람이 아니게 되었다.

이 감염은 특히 청소년들 사이에서 빠르게 퍼졌다. 학업 압 력과 친구 관계의 불안이 쌓여, 사소한 일에도 과도한 걱정과 떨림이 시작되더니, 결국 폭주로 이어졌다.

서울 강남의 한 학원가에서 집단 발병이 시작됐다. 밤 11시, 학원 수업이 끝나고 나온 학생들이 거리에 쓰러졌다. 그것도

   김 민 성

열세 명이 동시에.

28시간 후, 그들은 깨어났다. 더 정확히는 '일어났다'고 표현해야 했다. 더 이상 사람이 아니었다. 백태가 긴 동공, 경련하는 몸, 입에서 새어 나오는 괴상한 신음소리.

"끄으으르르르."

그들은 주변의 모든 생명체를 향해 돌진했다. 마치 자신의 고통을 나누어 주려는 듯했다.

감염은 급격히 퍼져 나갔다. 특히 청소년들 사이에서. 성적 경쟁, SNS 피로, 외모 콤플렉스, 입시 스트레스, 또래 압력. 하루하루를 버티기에 벅찬 아이들을 가장 빠르게 전염시켰다.

뉴스는 매일 숫자를 집계했다.

폭주 반응 사례: 211,032건.

정부, 국가 비상사태 선언.

도시는 소리를 잃어 갔다. 사람들은 말을 줄였고, 서로의 눈을 마주치지 않았다. 누군가 손을 떨거나, 갑자기 땀을 훔치거나, 어깨를 움츠리고 걸음을 재촉하면 모두가 황급히 그를 피했다.

'저 사람, 불안해 보이는데… 혹시 나도 감염되는 거 아니야?'

사람들은 감염을 두려워했고, 그 두려움 자체가 또 다른 감염의 씨앗이 되었다. 그리고 심각함을 넘어 마침내, 이름이 붙었다. '종말 바이러스'.

세상이 무너지는 소리가, 비명을 타고 도시 곳곳으로 번져 나가고 있었다.

김 민 성

문밖의 세계

"따~ 다다다단~ 따 다다다단~."

알람은 아침 8시부터 열 번이 넘게 울렸지만, 지우는 여전히 베개를 껴안은 채 눈을 감고 있었다. 어차피 의미 없는 소리였다. 일어나야 할 이유도, 가야 할 곳도 없었다.

지우는 여전히 1년 2개월 전에서 벗어나지 못했다.

"너 왜 목소리가 그렇게 떨려? 똑바로 발표해 봐."

선생님의 목소리에 지우는 철판 앞에서 고개를 숙였다. 손에 든 발표 원고가 땀에 젖어 흐물흐물해졌다. 심장은 미친 듯이 뛰었다. 숨이 턱턱 막혔다.

"아. 선생님. 뭘 바라요. 쟤 원래 저래요."

아이들 웃음소리가 교실을 채웠고, 선생님의 짜증 섞인 한숨 소리가 지우를 더울 짓눌렀다.

"야. 윤지우, 그만하고 들어가. 발표 준비도 제대로 안 하고 와서. 스읍."

그날 밤, 단톡방에 사진이 올라왔다. 떨고 있는 지우의 얼굴과 엉망으로 구겨진 빈 발표문이었다.

"ㅋㅋㅋ 님들 이거 ㅈㅇ짤."

"레전드네."

"ㅈㅇ 완전 ㅂㅅ됨. 내가 빈 발표문 쥐어 줌ㅋㅋㅋㅋㅋㅋ."

지우는 핸드폰을 내던지고 방문을 잠갔다. 그렇게 1년 하고도 두 달. 지우는 자신의 방문을 스스로 열고 나간 적이 없었다. 문고리는 세상과의 경계선이자, 지우를 지키는 유일한 방패였다.

방 안은 어둠과 음식물 쓰레기가 썩는 시큼한 냄새, 그리고 오래된 먼지 냄새로 가득했다. 모니터만 유일하게 빛을 발하며, 한 유튜버가 과장된 목소리로 떠들고 있었다.

"형님들! 저기요. '종말 바이러스' 감염자를 제가 잡아 왔다는 거 아닙니까. 보세요. 이 끔찍한 몰골. 분노, 공포 같은 감정이 극에 달하면 뇌가 타 버리는 겁니다. 그러니까 해피하게! 도파민 쫙! 좀 땡겨 주세요."

지우는 눈살을 찌푸리며 소리를 껐다. 처음엔 공포였고, 그

김 민 성

다음엔 무뎌졌고, 이젠 소음일 뿐이었다. 밖에서 세상이 무너지든 말든 지우에게는 상관없는 일이었다.

어차피 나가지 않을 거니까.

어차피 나갈 수 없을 테니까.

모니터 아래로 시선을 돌렸다. 산처럼 쌓인 컵라면 용기 옆에, 텅 비어 바닥을 드러낸 생수병이 보였다. 마지막 한 병이었다. 어젯밤, 마지막 한 방울까지 목구멍으로 넘겼다. 이제 정말 아무것도 없었다. 종말 바이러스가 본격적으로 퍼지기 일주일 전, 외할머니가 돌아가셨다. 장례식을 위해 엄마와 아빠는 시골의 할머니 댁으로 떠나기 전 지우에게 간절히 부탁했다.

'지우야, 무슨 일 있으면 꼭 전화하고. 아니, 문자라도…. 알겠지?'

애원 같던 엄마의 목소리가 환청처럼 귓가를 맴돌았다. 대답하지 않았다. 그냥 이불을 뒤집어쓰고 현관문이 닫히는 소리를 들었다.

꼬르륵. 뱃속에서 천둥 같은 소리가 났다. 배고픔은 이제 통증에 가까웠다. 그래서 방문을 열고 거실로 나갔다. 엄마가 있었다면 말도 못 하게 기뻐했을 일이었지만, 반겨 줄 사람은 집에 남아 있지 않았다. 후들거리는 다리를 끌고 먹을 것을 찾아 집 안을 뒤졌다.

그렇게 지우는 혼자서 석 달을 버텼다. 3일 전에는 전기가 완전히 끊겼다. 더 큰 문제는 물이 더 이상 나오지 않는 것이었다. 집엔 더 이상 먹을 만한 것도 남아 있지 않았다.

이대로 집 안에 머무를 수는 없었다. 이제 지우에겐 밖에 돌아다니는 괴물보다 뱃속의 굶주림이라는 괴물이 더 무서웠다. 정말로 나가야 했다. 모자를 푹 눌러 쓰고, 달달 떨리는 손으로 가방을 챙겼다. 책장에 놓인 가족 사진엔 부모님과 함께 밝게 웃는 자신이 있었다. 자기 얼굴인데도 낯설고 어색했다. 지금 상황에 어울리지 않았지만 가방에 챙겼다. 그거라도 있으면 밖이 덜 무서울 것 같았다.

지우는 떨리는 손을 뻗어 차가운 금속 문고리를 잡았다. 손이 바들바들 떨렸다. 쿵쿵거리는 심장은 금방이라도 발밑까지 곤두박질쳐 떨어질 것 같은 기분이었다.

'괜찮아. 그냥 바로 앞 편의점까지만 가는 거야. 물하고 라면 같은 것만 구해서 돌아오는 거야. 할 수 있을 거야.'

스스로를 다독이며, 아주 천천히, 문고리를 돌렸다.

철커덕하는 금속음이 온 집 안을 울리는 것 같아 지우는 저도 모르게 숨을 멈췄다. 1년 만에 열리는 문은, 마치 관 뚜껑이라도 여는 것처럼 삐걱이는 신음을 토해 냈다.

문틈으로 밀려 들어온 아파트 복도의 공기는 방 안의 것과는 전혀 다른 종류의 눅눅함을 품고 있었다. 방 안의 공기가 썩어 가는 밀폐된 것이었다면, 복도의 공기는 차갑고 끈적했다.

오래된 먼지가 떠다녔고 아주 희미한 부패의 냄새가 섞여 있었다. 마치 거대한 무덤의 내부 같았다.

한 발, 한 발 소리를 죽여 조심스럽게 복도를 걸었다. 아무리 조용히 움직인다고 노력해도 지우에게는 자신의 심장 소리가 천둥처럼 크게 들렸다. 여기저기 아무렇게나 놓인 택배 상자들이 보였다. 어떤 것은 이미 누군가 칼로 거칠게 찢어 내용물을 확인한 흔적이 역력했다. 곰팡이가 핀 음식물이 담겨 있던 상자에서는 검은 물이 흘러나와 바닥을 오염시키고 있었다. 그 모든 것이 멈춰 버린 세상의 무덤덤한 증거였다.

엘리베이터 버튼을 눌렀지만 불은 들어오지 않았다. 지우는 비상계단으로 향했다. 육중한 철문을 열자, 어둠과 함께 아래층에서부터 불어오는 외풍이 훅 끼쳐왔다.

계단은 칠흑 같은 어둠에 잠겨 있었다. 지우는 차갑고 먼지 쌓인 금속 난간을 생명줄처럼 붙잡았다. 한 칸, 한 칸 내려갈 때마다 운동화 바닥에 깔린 흙 알갱이가 서걱 소리를 냈다. 그 작은 소리조차 어둠 속에서는 너무나 크게 울려, 지우는 몇 번이고 걸음을 멈추고 귀를 기울여야 했다.

'괜찮아. 아무도 없어.'

마침내 1층 로비에 도착했다. 아파트 입구의 거대한 유리문은 산산조각 나 있었다. 누군가 필사적으로 탈출하려 했던 흔적일까, 바닥에는 깨진 유리 조각과 흙, 주인을 잃은 신발 한

짝이 뒹굴고 있었다. 지우는 깨진 유리 조각이 바삭 부서지는 소리를 내지 않도록, 발레리노처럼 발끝으로 걸었다.

마침내 건물 밖으로 나왔을 때, 지우는 거대한 침묵에 압도당했다. 건물 안의 침묵과는 차원이 달랐다. 사방이 트여 있는 도시 전체가 마치 거대한 진공 상태에 빠진 것처럼 고요했다. 간간이 부는 바람만이 유일한 움직임이었다. 바람은 버려진 차 문을 덜컹거리게 했고, 신호등을 위태롭게 흔들었으며, 바닥에 흩어진 전단지들을 마치 살아 있는 생물처럼 이리저리 몰고 다녔다.

지우는 몸을 최대한 낮추고 차들을 방패 삼아 길을 건넜다. 문이 열린 채 방치된 차 안에는, 미처 챙기지 못한 주인의 삶의 흔적들이 고스란히 남아 있었다.

온 신경을 세우고 얼마나 걸었을까, 익숙한 편의점 간판이 보였다. 불 꺼진 간판은 으스스했고, 반쯤 열린 자동문은 마치 괴물의 입처럼 느껴졌다. 세상의 고요 속에서 모든 익숙한 것들조차 이렇게나 위협적일 수 없었다.

'꿀꺽.'

지우는 마른침을 삼키며, 어두운 편의점 안으로 발걸음을 내딛었다. 발목까지 쌓인 비닐 포장지가 사각거렸다. 내부는 예상대로 약탈의 흔적이 고스란히 남아 있었다. 진열대는 대부분 텅 비어 있었고, 누군가 급하게 챙기다 떨어뜨린 물건들이

   김 민 성

바닥에 뒹굴었다. 실망감이 파도처럼 몰려왔다.

혹시나 하는 마음에 계산대 쪽으로 다가갔다. 먼지가 뽀얗게 쌓인 계산대 위, 널브러진 영수증과 동전들 사이로 지우는 무언가 이상한 것을 발견했다.

가지런히 접힌 만 원짜리 지폐 한 장이 텅 빈 커피 캔 아래 깔려 놓여 있었다.

순간 머릿속이 혼란스러워졌다.

"돈? 이젠 종잇조각에 불과한 것을 왜?"

지우는 잠시 그것을 바라봤다. 그제야 깨달았다. 그것은 물건 값이 아니라, 양심의 흔적이라는 것을. 누군가 이곳에서 식량이든 뭐든 가져가며, 자신이 지킬 수 있는 마지막 도리를 남겨 두고 간 것이었다.

아이러니했다. 밖에서는 감염자들이 사람을 공격해 생명을 빼앗고, 세상의 모든 규칙이 무너져 내렸는데. 이 어둡고 약탈당한 편의점 안에서는 누군가 사라진 세계의 양심을 지키려 하고 있었다. 이 장면이 지우에게는 감동이나 희망보다는 종말 바이러스가 퍼진 세상에 어울리지 않는 기이함으로 다가왔다.

지우는 지폐에 손대지 않았다. 그것은 이미 죽어 버린 세계의 묘비명 같았다. 기묘한 기분을 떨치며 가게 가장 안쪽, 어두운 구석으로 발걸음을 옮겼다. 그리고 바로 그곳, 아무도 신경 쓰지 않을 것 같은 진열대 맨 아래 칸에서 먼지를 뒤집어 쓴 초

코바 몇 개와 기적 같은 생수 한 병을 발견했다.

"찾았다."

안도의 한숨과 함께 그것들을 움켜쥐는 순간이었다.

"딱."

안쪽 창고에서 무언가 부러지는 소리가 났다. 지우의 몸이 그대로 굳었다. 바람 소리가 아니었다. 짐승의 것과도 다른, 기묘한 소리. 심장이 미친 듯이 뛰었다. 조심스럽게 뒷걸음질 치는데, 창고 문이 끼익 소리를 내며 천천히 열렸다.

문틈으로 드러난 것은 사람의 형체였지만 사람은 아니었다. 백태가 낀 동공은 초점이 없었다. 기괴하게 꺾인 목, 입가에 허옇게 말라붙은 거품. 지독하게 풍겨 오는 썩은 냄새. 유튜버가 떠들던 '종말 바이러스 감염자'의 모습 그대로였다.

"끄으으으…."

감염자는 목구멍 깊은 곳에서부터 끓어오르는 듯한 신음 소리를 내며 지우에게 다가왔다. 지우는 비명조차 지르지 못했다. 피해야 하는데 몸이 얼어붙어 발이 땅에 붙어 버린 것 같았다.

'나는 안 돼. 나는 역시나 안 돼.'

1년 전 교실에서 굳어 버린 그때처럼, 지우는 다시 한번 무너지고 있었다.

"덜커덩."

　　　　　　　　　　　김 민 성

감염자가 진열대에 걸려 휘청였다. 썩은 내가 물씬 풍기는 손을 지우에게 뻗어 왔다.

죽는다. 이대로, 여기서.

그때였다.

"사자왕의 영지에 함부로 발을 들이다니!"

요란한 외침과 함께 쾅! 하는 둔탁한 금속음이 터져 나왔다. 시야 한쪽에서 날아온 바퀴 달린 링거대가 감염자의 옆구리를 후려쳐 뒤로 밀쳐 냈다. 지우는 눈을 동그랗게 떴다. 링거대를 창처럼 휘두른 소녀가 그를 막아서듯 버티고 서 있었다.

감염자가 주춤하는 사이, 거친 손이 지우의 목덜미를 낚아 챘다.

"멍청하게 서 있지 마!"

지우보다는 머리 하나는 더 큰, 허름한 교복 차림의 소년이 었다. 한손에는 파이프를 들고 아무런 저항도 못 하는 지우를 짐짝처럼 끌고 편의점 밖으로 뛰쳐나갔다.

"컥, 커헉!"

그에게 질질 끌려 나온 지우가 바닥에 나동그라졌다. 그 뒤를 이어 소녀도 재빨리 빠져나왔다. 하지만 감염자도 포기하지 않고, 기괴한 비명을 지르며 그들을 쫓아왔다.

"물러가라, 어둠에 속한 부정한 것아!"

소녀가 다시 한번 감염자를 향해 돌진해 멀리 밀쳐 냈다. 감염자가 비틀거리며 뒤로 물러나는 바로 그 찰나의 순간.

"쉬익."

공기를 가르는 날카로운 소리와 함께 화살 한 발이 정확하게 감염자의 머리에 박혔다. 감염자는 괴상한 소리 한 번 내지 못하고 그대로 고꾸라졌다.

모든 것이 순식간에 일어났다. 지우는 얼이 빠진 채 숨을 헐떡였다.

"도르르르륵."

소녀가 링거대를 끌고 지우에게 다가왔다. 어깨에는 해, 달, 소나무 같은 것이 그려진 커다란 샤워 타월을 두르고 있었다.

소녀는 얼이 빠진 지우에게 다가와 손을 내밀었다.

"괜찮은가 소년? 소개하지. 짐은 사자왕 리처드의 환생, 수현이다."

소녀는 아무렇지 않게 자신을 소개하고는, 쇠파이프를 어깨에 멘 소년을 턱짓으로 가리켰다.

"그리고 저 녀석은 찬호. 무림맹 삼류 무사가 빙의한 자라네. 실력은 꽤 있으나 성격에 좀 문제가 있으니 신경 꺼도 좋아."

"뭐래. 헛소리 마."

찬호가 퉁명스럽게 뱉었다. 지우의 시선은 그들을 지나쳐, 조금 떨어진 곳에 서 있는 마지막 한 사람에게 향했다. 활을 든

20대 후반의 여자. 차분하게 화살을 회수하고 있는 그녀의 얼굴을 본 순간, 지우의 머릿속에 금방 한 사람이 떠올랐다.

'어, 저 얼굴은?'

모를 수가 없는 얼굴이었다. 몇 년 전, 온 국민이 숨죽이며 지켜보던 올림픽 양궁 결승전. 금메달을 목전에 두고, 마지막 한 발을 쏘지 못했던 양궁 선수. 카메라 앞에서 파랗게 질린 입술로 아무것도 못 한 채 금메달을 놓쳤다. 그 일로 온 국민의 욕을 먹고 은퇴해야 했던 비운의 양궁 선수였다.

'국가대표 한채연….'

단 한 번의 실수로 망가져 버린 스포츠 스타가 왜 이런 모습으로 폐허 속에 서 있는 거지?

지우가 충격에 빠져 있는 사이, 수현이 그의 얼굴 앞으로 손을 흔들었다.

"소년. 이제 자네 소개를 듣고 싶네만?"

"어. 음. 나는 지우. 윤지우."

"그렇군. 지우 소년. 그대는 혼자인 것 같은데, 우리랑 같이 가지 않겠는가? 남쪽, 정부에서 지정한 안전지대로 가는 중인데."

남쪽. 안전지대. 그 단어들이 아득하게 들렸다. 지우는 세 사람을 번갈아 보았다. 자신을 구해 준 용감무쌍한 사자왕과 무뚝뚝한 무림인. 그리고… TV 속의 영웅이었던 몰락한 국가

대표.

지우는 자기도 모르게 수현의 제안에 고개를 격하게 끄덕이고 있었다.

조금 전 지우는 혼자서 살아남을 수 없는 세상이 된 것을 뼈저리게 깨달았다. 다만 문제는 자신의 목숨을 빚진 이 구원자들이 하나같이 제정신은 아닌 것 같다는 점이었다. 지우는 이것이 과연 새로운 희망의 시작일지, 아니면 그보다 더 기상천외한 고난의 시작일지, 도무지 가늠할 수 없어 웃어야 할지 울어야 할지 모를 표정을 지었다.

김 민 성

불안한 동행과 끔찍한 실수

수현 일행을 따라나선 직후부터 지우는 쉽지 않음을 깨달았다. 1년 넘게 스스로를 방에 가둔 결과, 바닥을 기는 체력이 지우를 더욱 힘들게 했다. 조금만 걸어도 숨이 가빴고, 심장은 미친 듯이 뛰었다. 덕분에 일행의 속도는 느려졌다.

몸이 힘든 만큼 마음도 무거웠다. 모든 발자국마다 '나는 짐이 아닐까?' 하는 자책이 따라붙었다. 찬호는 그런 지우를 힐끗힐끗 바라봤다. 말은 하지 않았지만, 시선에는 조급함이 묻어 있었다.

"이러다 다 같이 위험해지겠네."

무심히 중얼거리는 찬호의 말에 지우의 어깨는 더 움츠러들었다. 채연은 별 말없이 평소보다 일찍 쉴 곳을 찾았다.

"오늘은 여기서 쉬자."

지우는 그 말에 안도하면서도 또 자책했다.

'내가 없었으면, 다들 더 빨리 안전지대에 도착할 텐데.'

그런 생각을 하면 자꾸 숨이 가쁘고 가슴이 조여들었다. 아이들의 조롱을 피해서 방문을 잠그고 세상에서 숨어든 그때와 똑같은 기분이었다. 밤이 늦어도 지우는 좀처럼 잠을 이룰 수 없었다.

다음 날 이른 아침, 지우는 낯선 냉기에 잠에서 깼다. 밖으로 나가자, 동이 트는 희미한 빛 속에서 찬호가 몸을 움직이고 있었다.

"흐읍, 후우~."

찬호는 진지한 표정으로 쇠파이프를 쥐고, 허공을 향해 수직으로 내려치는 동작을 반복했다. 휙, 휙 육중한 파이프가 공기를 가르는 소리가 매서웠다. 한참 동안 기계처럼 같은 동작을 반복하더니 이마에 맺힌 땀을 닦으며 품에서 꼬깃꼬깃한 수첩을 꺼내 무언가를 적었다.

지우는 궁금함을 참지 못하고 그의 등 뒤로 슬쩍 다가갔다. 수첩의 겉표지에는, 삐뚤빼뚤한 글씨로 이렇게 쓰여 있었다.

[태양무극체, 신체 개조 일지]

한 장 넘겨진 페이지에는 더욱 가관인 내용이 적혀 있었다.

 　김 민 성

- 내려치기 500회 x 3세트 (완료)

- 스쿼트 50회 x 5세트

- 팔굽혀펴기 30회 x 5세트

- 버피 12회 x 5세트

- 플랭크 2분 x 3세트

찬호는 수첩에 체크 표시를 하더니, 이번엔 자세를 낮추고 쇠파이프를 휘두르다 말고 갑자기 날카로운 로우킥을 날렸다. 쉭! 소리와 함께 그의 발이 허공을 갈랐다. 무림인의 신묘한 무공이라기보다는 TV에서 보던 종합격투기에 가까운 실전적인 움직임이었다.

어느새 지우 옆으로 수현이 나타났다. 지난 밤 덮고 자던 샤워 타월을 깔고 스트레칭을 시작했다. 그제서야 지우는 타월에 프린팅이 된 그림이 조선시대 왕의 뒤에 펼진 병풍에 그려진 〈일월오봉도〉라는 것을 떠올렸다.

지우는 어이없는 표정으로, 옆에서 홍미로운 표정으로 지우를 보던 수현에게 속삭였다.

"저기 저거. 무공이라기엔 좀 이상하지 않아? 그리고 저 수첩은 또 뭐야…"

그러자 수현은 굉장히 진지하게 답했다.

"만류귀종(萬流歸宗)이니라. 모든 길은 결국 하나로 통하는 법. 적을 물리치는 데 검이면 어떻고 로우킥이면 어떻겠는가. 중요한 건 겉모습이 아니라, 강해지고자 하는 의지 그 자체지. 음. 음. 그렇지."

스스로의 말에 감탄하며 고개를 끄덕이는 수현과 땀을 뻘뻘 흘리며 훈련에 몰두하는 찬호를 번갈아 보며 지우는 생각했다.

'정말… 이상한 녀석들이다.'

또다시 이어진 며칠간의 행군은 지우의 체력을 바닥까지 몰아붙였다. 다른 일행들은 아침부터 훈련까지 하는데, 지우는 그저 따라가는 것만으로도 벅찼다. 그럴 때면 불안이 파도처럼 밀려왔다.

'나만 이렇게 힘든가. 따라오지 말 것을 그랬나.'

그날도 채연은 일찌감치 하룻밤을 안전하게 보낼 만한 장소를 찾아냈다. 먼지가 자욱한 실내 양궁 훈련장이었다. 빛바랜 국가대표 선수들의 사진이 걸려 있었다.

지우는 구석에 주저앉아 거친 숨을 몰아쉬었다. 자신이 일행의 발목을 잡고 있다는 자책감에 고개를 들 수 없었다. 그때 익숙한 그림자가 그의 앞에 드리워졌다. 채연이었다. 그녀는 낡은 활 거치대에 기대앉으며, 지우에게 물병을 건넸다.

"힘들지?"

덤덤한 목소리에 지우는 꾹 눌러 왔던 감정을 털어놓았다.

"그냥, 제가 너무 약해서, 체력이 없어서… 저 때문에 다들 늦어지는 것 같아서… 미안해요. 나는 왜 제대로 하는 것이 하나도 없는지 화가 나요."

채연은 대답 대신, 먼 곳의 과녁을 물끄러미 바라보았다.

"나도 처음부터 활을 잘 쐈던 건 아니야."

그녀는 자신의 손가락을 펴 보였다. 활시위를 당기느라 굳은 살이 박이고 모양이 뒤틀린 손가락이었다.

"국가대표가 되기 전에, 매일 새벽 5시에 일어났어. 하루에 천 번씩 활시위를 당겼어. 너무 힘들어서 매일 밤 울었고, 수십 번도 더 도망치고 싶었어."

채연은 다시 지우를 바라보았다. 그 눈빛은 동정이 아닌, 같은 고통을 겪어 본 사람의 깊은 이해를 담고 있었다.

"체력이라는 거, 재능 같은 게 아니야. 그냥 버티는 거야. 어제의 나보다 오늘 한 걸음이라도 더 나아가면 충분한 거야. 그러니까 너무 자책하지 마."

채연은 바닥에 있던 스트레칭용 목봉을 들어 지우에게 건넸다.

"일단은 살아남는 것부터가 훈련의 시작이지."

지우는 얼떨결에 스트레칭 바를 받아 들었다. 묵직한 무게가 팔에 전해졌다. 그것은 단순한 기구의 무게가 아니라, 버텨 내야 할 삶의 무게이자 작은 격려처럼 느껴졌다.

다음 날 이른 아침, 지우는 익숙해질 수 없는 냉기와 함께 잠에서 깼다. 알람 소리가 아닌, 규칙적으로 공기를 가르는 소리 때문이었다. 밖으로 나가자, 동이 트는 희미한 빛 속에서 찬호가 어김없이 훈련을 하고 있었다.

"흐읍, 후우!"

찬호는 진지한 표정으로 쇠파이프를 쥐고, 허공을 향해 수직으로 내려치는 동작을 반복하고 있었다. 휙, 휙 육중한 파이프가 공기를 가르는 소리가 매서웠다.

어젯밤 채연이 해 주었던 말이 지우의 귓가에 맴돌았다.

'체력이라는 거, 재능 같은 게 아니야. 버티는 거야.'

지우는 잠시 망설이다 결심한 듯 조용히 밖으로 나갔다. 찬호는 지우를 힐끗 쳐다보더니, 별말 없이 자신의 훈련에 집중했다.

지우는 그와 조금 떨어진 곳에 서서, 기억을 더듬어 예전 체육 시간에 했던 준비 운동을 어설프게 따라 하기 시작했다. 1년 넘게 굳어 있던 몸은 비명을 질렀고, 팔다리는 녹슨 기계처럼 삐걱거렸다.

그렇게 한참 동안 땀을 뻘뻘 흘리며 훈련하던 찬호가, 마무리를 하려는 듯 바닥에 엎드려 플랭크 자세를 취했다. 미동도 없이 1분, 2분을 버티는 그의 모습은 단단한 바위 같았다. 지우도 마른침을 삼키고, 찬호를 따라 조심스럽게 바닥에 엎드

 　　　　　　　　　　김 민 성

렸다.

'나도 할 수 있어.'

팔꿈치를 땅에 대고 몸을 들어 올리는 순간, 지우의 온몸이 사시나무처럼 떨리기 시작했다. 복부 근육이 비명을 질렀고, 팔이 부러질 듯한 고통이 밀려왔다. 1초가 1분처럼 느껴졌다.

"푸흐흐읍."

결국 10초도 되지 않아, 지우는 비참한 소리와 함께 바닥에 그대로 대자로 뻗어 버렸다. 숨이 턱까지 차올라 눈앞이 캄캄했다. 그런 지우를, 훈련을 마친 찬호가 가소롭다는 듯 땀을 닦으며 내려다봤다.

"10초는 했나?"

"…."

지우는 대답할 힘도, 자존심도 남아 있지 않았다. 하지만 포기는 하지 않았다. 주머니에서 밤사이 양궁장에서 주워 몰래 챙겨 둔 작은 수첩과 몽당연필을 꺼냈다. 그리고는 바들바들 떨리는 손으로 자신만의 비밀스러운 프로젝트의 첫 페이지를 기록하기 시작했다.

수첩의 첫 장에는 지우가 밤새 고민해서 지은 이름이 적혀 있었다.

〈윤지우 스탯 강화 프로젝트〉

그리고 그 아래, 오늘의 처참한 기록을 남겼다.

[1일 차]

- 맨손 체조 3회

- 쪼그려 뛰기 20회 (힘들다, 초급) 1단계 목표 20회 x 5세트

- 스쿼트 30회 (죽겠다, 초급) 1단계 목표 20회 x 5세트

- 근력(코어): 플랭크 8초 (측정 불가, 실패) 1단계 목표 : 1분 버티기

글씨는 땀과 먼지로 번져 엉망이었지만, 지우의 눈은 그 어느 때보다 진지하게 빛나고 있었다.

'내가 정말 조금씩이라도 나아질 수 있을까?'

그날부터 지우는 매일 수첩에 기록했다. 불안은 여전히 지우에게 들러붙어 있었지만, 그걸 안고 한 걸음씩 걸어가 보기로 했다.

김민성

가장 깊은 어둠 속에서

양궁장을 떠나고 몇 주가 흘렀다. 지우에게도 제법 변화가
있었다.

예전처럼 대열의 맨 뒤에서 헐떡거리며 뒤처지지 않았다.
매일 아침, 찬호의 요란한 훈련 소리에 잠이 깼고, 이제는 익
숙하게 그 옆에서 자신만의 훈련을 시작했다. 찬호처럼 쇠파
이프를 빠르게 휘두를 근력은 없었지만, 소리 없이 장애물을
넘거나, 숨을 고르며 오래 버티는 연습을 꾸준히 했다. 지우의
꼬질꼬질한 수첩에는, 이제 '실패'라는 단어보다 '완료'나 '성
공'이라는 단어가 더 많이 적히고 있었다.

〈윤지우 스탯 강화 프로젝트 24일 차〉

- 맨손 체조 5회 (완료)

- 쪼그려 뛰기 20회 x 4세트 (아직 힘듦, 초급) 1단계 목표 20회 x 5세트

- 스쿼트 20회 x 4세트 (할 만함, 초급) 1단계 목표 20회 x 5세트

- 근력(코어): 플랭크 1분 38초 (성공! 1단계 완료) 2단계 목표 : 2분 버티기

- 은신 보행 : 100m (고양이처럼 소리 안 냄, 성공!)

성장은 체력뿐만이 아니었다. 지우는 이제 더 이상 동료들을 피하지 않았다.

"야, 초보야! 막대를 휘두를 거면 팔 힘으로만 치지 말고 허리를 같이 써! 그렇게 하면 금방 힘 빠진다고 몇 번을 말해!"

여전히 말끝은 퉁명스러웠지만, 찬호의 말 속에는 이제 가르침이 섞여 있었다. 지우는 찬호의 조언에 따라 어설프게나마 스트레칭 바를 휘둘러 보았다.

"알겠습니다, 사부님."

지우의 말에 찬호는 질색했지만 이내 귀가 빨개져서 고개를 휙 돌려 버렸다.

수현의 장난에도 제법 익숙하게 받아칠 여유가 생겼다.

"크하하! 빛의 기사단이여, 저 언덕을 정복하러 가자!"

"분부대로 하겠습니다, 폐하."

가장 큰 변화는, 그가 더 이상 '짐'이라고만 여기지 않게 된 것이었다.

며칠 전, 폐허가 된 상가 건물을 지나갈 때였다. 앞서가던

김 민 성

채연의 뒤를 따르던 지우가 갑자기 손을 들어 모두를 멈춰 세
웠다.

"잠깐만요."

"왜 그래?"

지우는 바닥의 흔적을 가리켰다.

"누군가 이 길로 지나갔어요. 그것도 여러 명이요. 발자국이
깊고, 방향이 뒤엉켜 있는 걸로 봐선 엄청 급하게 도망친 것
같아요. 저기! 발을 질질 끌고 간 자국도 있어요. 감염자일 수
도 있고요."

지우의 관찰력에 채연의 눈이 빛났다. 그녀는 한 번 더 바닥
을 살펴보더니, 조용히 고개를 끄덕였다.

"네 말이 맞아. 위험할 수 있으니, 길을 바꾸자."

짧은 한마디였지만, 그 순간 지우는 가슴이 벅차올랐다. 처
음으로 팀 안에서 자신이 도움이 되었다는 생각이 들었다. 동
료들이 자신을 바라보는 눈빛이 조금은 달라진 것 같기도 했
다. 지우는 그게 기분 좋으면서도, 한편으론 불안했다.

'실수하면 안 돼. 실망시키지 말자.'

그러나 그런 자신감과 불안은 식량 부족이라는 현실 앞에서
는 아무 힘이 없었다. 길을 크게 우회하느라 시간이 늘어났고,
비상식량으로 아껴 먹던 마지막 육포마저 바닥이 있다.

그날 저녁, 채연이 지도를 펼쳤다. 그녀의 손가락이 한곳을

가리켰다. 언덕 너머로 낡은 학교 건물이 보였다.

"학교?"

지우가 중얼거렸다. 손바닥에 땀이 났다. 학교라는 단어만 들어도 복도, 교실, 웃음소리, 속삭임 같은 것들이 함께 따라 왔다.

"학교 급식실엔 그래도 먹을 게 있지 않을까? 지금 우리에 겐 선택지가 없어."

채연의 말에 모두가 고개를 끄덕였다.

지우는 송글송글 땀이 맺힌 손을 옷자락에 닦아 내고 주먹 을 꽉 쥐었다. 가슴 안쪽에서 두려움이 꿈틀거렸다.

'또 비웃음 소리가 들리는 것 같아. 아니야. 여긴 그 학교가 아니니까 괜찮아.'

언제까지 외면할 수는 없었다. 이번에는 도망치고 싶지 않 았다. 불안에서 도망치는 대신, 한 번쯤은 제대로 마주 서 보 고 싶었다. 무엇보다 자신의 쓸모를 증명해 보이고 싶은 마음 도 컸다. 마음을 다잡고 일행을 따라 학교로 향했다.

급식실 문은 굳게 닫혀 있었다. 찬호가 쇠파이프를 지렛대 처럼 사용해 문을 비틀자, 녹슨 경첩이 비명을 지르며 열렸다. 안은 예상대로 엉망이었다. 뒤집힌 식탁과 의자들, 깨진 접시 조각들 사이로 발자국과 긁힌 자국들이 엉켜 있었다. 일행의 기대는 실망으로 바뀌었다. 급식실에서는 무엇도 찾을 수 없

김 민 성

었다.

"학교 매점으로 가요. 거기에는 뭔가 남아 있을 거예요."

네 사람은 조심스럽게 매점으로 향했다. 가장 안쪽에, 육중한 철문으로 된 매점 창고가 보였다. 문은 잠겨 있었다.

"비켜 봐. 이건 내 전문이지."

찬호가 다시 한번 쇠파이프를 들었다. 콰드득 소리를 내며 잠금장치가 부서졌다. 문이 열리는 순간, 네 사람의 눈이 동시에 빛났다.

창고 안에는 선반 가득 통조림과 라면 상자들이 쌓여 있었다. 먼지가 뽀얗게 앉아 있었지만 그건 일행에게 구원이었다.

"우와! 먹을 거다. 살았다."

수현이 탄성을 내뱉으며 라면 한 박스를 끌어안았다. 찬호도 휘파람을 불며 통조림 몇 개를 가방에 쓸어 담았다. 지우역시 얼떨떨한 기분으로 선반 쪽으로 다가갔다. 학교는 여전히 자신에게 불편한 곳이었지만, 어쩌면 이젠 괜찮을지도 모른다. 그 희망에 가슴이 벅차오르는 순간이었다.

지우가 위쪽 선반에 있는 캔을 꺼내려고 팔을 뻗었다. 그런데 손 끝에 식은땀이 배어 미끄러졌다. 순간 힘이 살짝 빠졌다.

'아!'

캔 하나가 떨어지며 아래쪽 캔들을 쳤다. 다행히 몇 개의 캔만이 바닥으로 떨어졌다. 거기서 끝났으면 좋았을 것이다. 놀란 지우가 뒤로 물러서다 선반 기둥을 팔꿈치로 치고 말았다.

"쾅!"

낡고 녹슬었던 거대한 철제 선반이 끔찍한 굉음을 내며 앞으로 무너져 내렸다. 수십 개의 통조림 캔이 바닥으로 폭포수처럼 쏟아지며, 매점 전체가 무너지는 듯한 소음으로 가득 찼다.

"젠장!"

찬호의 외침과 동시에 매점 안팎의 어둠 속에서 무언가들이 일어났다. 계산대 밑에 숨어 있던 것, 냉장고 뒤에 웅크리고 있던 것, 식탁 아래에 잠복하고 있던 감염자들이었다. 굉음은 잠자던 괴물들을 깨우는 자명종이었다.

"끼이이악!"

날카로운 소리와 함께 가장 가까이 있던 감염자가 지우에게 달려들었다. 지우는 온몸이 얼어붙었다. 피할 생각조차 하지 못했다. 썩은 냄새, 손톱, 허연 눈동자. 모든 것이 한꺼번에 덮쳐 왔다.

"위험해!"

수현이 지우를 거칠게 밀쳐 냈다. 지우가 허우적거리며 나동그라지는 것과 동시에, 감염자의 손톱이 수현의 어깨를 깊게 할퀴고 지나갔다.

"끄윽!"

수현의 옷 위로 검붉은 피가 빠르게 번져 나갔다.

김 민 성

“수현아!”

찬호가 포효하며 쇠파이프로 감염자의 머리를 후려쳤다. 그 사이 채연의 화살이 다른 감염자의 다리를 꿰뚫었다. 매점은 순식간에 아수라장이 되었다.

“하, 학교니까 양호실로 가요. 1층에 있을 거예요.”

파랗게 질린 얼굴로 지우가 겨우 소리쳤다.

“뛴다! 이쪽이야!”

채연이 앞장섰다. 찬호가 수현을 부축하며 뒤따랐다. 지우는 비틀거리며 그 뒤를 쫓았다. 머릿속엔 한 가지 생각만이 떠올랐다.

‘또 내 탓이야.’

양호실 문을 잠그고 나서야 네 사람은 거친 숨을 몰아쉴 수 있었다. 문밖에서는 감염자들이 문을 긁고 두드리는 소리가 끊임없이 들려왔다. 수현을 침대에 눕히고 찬호는 커튼을 치고 양호실 캐비닛을 밀어 문을 가로막았다.

그사이 채연은 다급하게 약품장을 뒤져 붕대와 소독약을 찾았다. 수현은 침대에 누운 채 고통으로 하얗게 질린 얼굴로 신음했다. 채연이 그녀의 상처를 소독하자, 수현의 입술 사이로 억눌린 비명이 새어 나왔다.

“으흐흐윽.”

그 모습을 지우는 차마 바로 보지 못하고 고개를 숙였다. 지우의 손끝이 차갑게 식어 갔다. 손을 얼마나 꽉 쥐고 있었는지 손톱이 살을 파고들어 피가 날 지경이었다.

모든 응급처치가 끝난 뒤, 양호실 안에는 수현의 거친 숨소리와 문밖의 소리만이 남았다. 그 침묵을 깬 것은 찬호였다.

"너 때문이야."

얼음장처럼 차가운 목소리였다. 지우의 어깨가 움찔거렸다.

"네가 그렇게 선반만 건드리지 않았어도! 수현이가 다칠 일도 없었잖아!"

찬호의 목소리는 분노로 떨리고 있었다.

"미안해."

"미안하면 다야? 너는 대체 할 줄 아는 게 뭐야! 걷는 것도 빌빌대, 소리나 내서 어그로나 끌고! 넌 그냥 짐 덩어리라고, 알아?"

날카로운 말들이 비수처럼 날아와 지우의 가슴에 박혔다. 숨이 막혔다. 맞는 말이라서, 아무 대꾸도 할 수 없었다. 주눅 든 지우의 모습에 찬호는 더 화가 치솟았다.

"솔직히 말해서."

찬호는 날이 시퍼렇게 선 눈으로 지우를 노려보며 말했다.

"차라리 널 처음 봤을 때 그냥 버리고 가는 게 맞았는지도 몰라!"

그 순간, 지우의 머릿속에서 무언가 툭 하고 끊어졌다.

김 민 성

'그래, 역시 그렇지. 원래부터 나는 그런 존재였어.'

그동안 꾹꾹 눌러 왔던 말들이 한꺼번에 터져 나왔다.

"누가, 누가 구해 달랬어?!"

지우의 목소리가 갈라져 나왔다.

"내가 언제 살려 달라고 했냐고! 너는 뭐가 그렇게 잘났는데! 뭐가 환생이고 뭐가 빙의야. 다 병신 같아."

그것은 분노라기보다 1년 넘게 곪아 있던 자기혐오와 불안과 서러움이 비명처럼 터져 나온 것이었다. 절규에 가까운 외침이었다. 양호실 안의 공기가 산산이 부서지는 느낌이었다. 아무도 선뜻 입을 열지 못했다. 찬호는 분노와 당혹감이 뒤섞인 얼굴로 지우를 바라봤고, 아픈 어깨를 부여잡고 있던 수현의 눈빛은 복잡한 연민으로 흔들렸다. 문밖에서 들려오던 감염자들의 소음마저 멀게 느껴질 만큼, 방 안의 침묵은 무겁게 가라앉았다.

"끄윽. 끄윽."

지우는 무릎에 얼굴을 묻고 어깨를 작게 떨었다. 폭발한 건 화가 아니라, 그동안 아무도 들어 주지 않았던 자기 안의 불안과 외로움이었다. 밤이 깊어지고, 창밖은 칠흑 같은 어둠에 잠겼다. 문을 긁는 소리도 어느새 잦아들었다.

지우는 뜬눈으로 어둠을 응시하고 있었다. 커튼 사이로 어스름 달빛이 지우를 비추었다. 그때 조용한 목소리가 들려왔다.

"아직 안 자고 있었네."

채연이었다. 양호실 밖의 기척을 살핀 후 지우의 옆에 조용히 앉았다. 희미한 푸른 달빛을 통해 어둠 속에서도 그녀의 단단한 실루엣이 느껴졌다.

"낮에 한 말 그거, 찬호한테 한 거 아니지?"

지우는 대답하지 못했다. 입술을 깨문 채, 고개만 숙였다. 채연은 그런 지우를 잠시 바라보다 창밖을 보며 나지막이 말했다.

"나도 도망친 적이 있었어."

뜻밖의 말에 지우가 고개를 들었다.

"올림픽 결선 마지막 한 발. 10점에 마지막 한 발만 쏘면 금메달이었어. 온 국민이 나를 보고 있었고, 부모님의 얼굴이 눈앞에 아른거렸지. 바람이 조금 불었어. 사실 평소에도 바람은 불었는데 유독 그 순간 왈칵 겁이 났어. 10점을 맞추지 못할 것 같았어. 시위를 놓는 것이 너무너무 무섭더라. 몇 번이나 손을 놔야 한다고 생각을 했는데 망설였어. 그리고 끝내 화살을 쏘지 못했어."

채연의 목소리는 담담했지만, 그 안에는 깊은 회한이 서려 있었다.

"모두가 나를 위로했지만, 난 알았어. 내가 진 건 바람 때문이 아니라 내 안의 불안 때문이라는 거. 9점, 8점, 1점이라도

  김 민 성

상관 없었어. 난 그때 시위를 놓았어야 했어. 금메달을 놓칠지도 모른다는 공포. 실패에 대한 두려움. 거기서 도망쳐 버린 거야. 내 스스로에게 진 거지."

그녀는 다시 지우를 바라보았다. 어둠 속에서도 그 눈빛은 칼날처럼 날카로우면서도, 이상하게 따뜻했다.

"도망치는 게 제일 쉬워. 네가 찬호한테 화를 낸 것도 사실은 너 자신한테 한 말이잖아. '나는 원래 이런 놈이니까, 나한테 기대하지 마!' 하고 소리친 거지. 그래야 나중에 또 실수했을 때 상처받지 않을 테니까."

정곡을 찔린 지우는 아무 말도 할 수 없었다.

"그런데 지우야."

채연이 말을 이었다.

"도망치는 한, 넌 영원히 짐이야. 우리에게가 아니라, 너 스스로에게. 네가 너 자신을 포기하는 순간, 넌 진짜 그렇게 되는 거야."

지우는 한숨도 자지 못했다. 새벽 무렵 침대에 기대앉아 신음하는 수현을 발견했다. 다친 어깨가 아픈지 식은땀을 흘리고 있었다. 지우는 조심스럽게 그녀에게 다가가 물병을 건넸다.

"수현아 괜찮아?"

수현은 억지로 웃어 보였다.

"사자왕의 의지를 얕보지 마라. 전장에서 이 정도 상처는 감당해야 할 훈장일 뿐이다."

말은 장난스러웠지만, 수현의 목소리는 평소와 달리 힘없이 떨렸다. 잠시 침묵이 흘렀다. 지우는 용기를 내어, 항상 궁금했던 것을 물었다.

"저기, 왜 하필 사자왕 리처드야?"

수현은 잠시 지우를 바라보다, 시선을 내리깔았다. 그리고는 아주 작은 목소리로, 비밀을 털어놓듯 말했다.

"사실 나, 약골이었어."

"네가?"

"응. 어렸을 때 크게 아팠거든. 몇 년 동안 병원에서 살았어. 머리카락도 다 빠지고, 주사 바늘은 내 팔뚝에 꽂힌 친구였지. 내 단짝은 항상 저거였고."

그녀는 옆에 세워 둔 링거대를 턱짓으로 가리켰다.

"다행히 병은 나아 건강해졌는데, 재발할까 봐 불안했어. 우리 부모님도 언제나 걱정했고, 친구들은 나를 무슨 유리 인형처럼 대했어. 그래서 내가 강하다는 것을 증명하고 싶었나 봐. 내가 더 이상 걱정해야 할 존재가 아니라고 보여 주고 싶었던 거야."

그녀의 목소리가 가늘게 떨렸다.

"세상이 망가지던 날에도 정기 검진 때문에 병원에 있었어. 엄마와 아빠는 순식간에 감염자들에게 휩쓸렸는데, 너무 끔찍

김 민 성

했어. 다들 도망치는데 나는 어떻게든 살아남았어. 그런데 너무 억울한 거야. 평생을 '병약한 김수현'으로 살다 죽는다니."

수현은 링거대를 움켜쥐었다.

"그래서 이걸 뽑아 들었어. 지긋지긋한 내 과거의 상징을 내 검으로 삼기로 한 거야. 그리고 결심했지. 이 세상에서는 가장 강하고 용감한 왕, 사자왕 리처드로 살겠다고. 웃기지? 근데… 그렇게라도 안 하면, 난 아마 병원 구석에서 울다가 죽었을 거야."

지우는 아무 말도 하지 않았다. 수현의 허세가 과거의 자신을 죽이고 새로 태어나기 위한 처절한 의식이었음을 깨달았다. 지우는 수현을 보며, 처음으로 존경심을 담아 말했다.

"아니야. 하나도 안 웃겨. 정말 멋있다고 생각해."

다음 날 아침, 양호실에 어색한 기운이 감돌았다. 지우는 밤새 고민한 끝에 잠에서 막 깨어난 찬호에게 다가갔다. 찬호는 경계심 어린 눈으로 그를 올려다봤다.

"어… 음. 네 말이 다 맞았어."

지우는 애써 목소리의 떨림을 감췄다.

"내가 짐이었어. 소리나 지르고, 실수만 하고…. 정말 미안해, 찬호야."

찬호는 예상치 못한 사과에 잠시 할 말을 잃은 듯했다. 그는 시선을 피하며 퉁명스럽게 대꾸했다.

"됐어. 시끄럽게 하지나 마."

찬호는 그렇게 말하며 가방에서 옥수수 통조림 하나를 꺼내 지우에게 툭 던졌다. 지우가 통조림을 받아들자, 찬호는 여전히 벽을 바라본 채 작은 목소리로 중얼거렸다.

"너, 내 동생이랑 닮았어. 그 녀석도 항상 내 뒤를 졸졸 따라다녔어. 내가 지켜 준다고, 그래서 난 세상에서 제일 강한 오빠가 되어 준다고… 입만 살아서 떠들었지."

찬호의 목소리가 미세하게 잠겨 있었다.

"근데 정작 진짜 위험이 닥쳤을 때, 나도 그냥 얼어붙었어. 고수인 척만 했지, 아무것도 못 했어. 까불지만 않았어도, 빨리 도망치기만 했어도…."

찬호는 끝내 말을 잇지 못하고 입술을 깨물었다. 찬호의 어깨가 아주 작게 떨리고 있었다. 잠시 후, 애써 아무렇지 않은 척 킁, 코를 훌쩍이며 말했다.

"그러니까 말이야. 난 다시는 누구 잃는 거, 지긋지긋하다고. 알겠냐, 짐 덩어리. 앞으로 내가 널 더 지독하게 훈련시킬 테니 정신 똑바로 차려."

그제야 지우는 깨달았다. 찬호가 자신에게 퍼부었던 그 모진 말들이, 사실은 과거의 자기 자신에게 외치고 있었던 자책이자 절규였음을. 지우는 가만히 고개를 끄덕였다.

그들은 찬호가 던져 준 옥수수 통조림을 나누어 먹었다. 쇠

비린내가 희미하게 나지만 종말의 세계에서 쉽게 맛보기 힘든 달디 단 음식이었다.

며칠 만에 맛보는 제대로 된 식량이자, 위태로운 화해의 증표이기도 했다. 문밖에서는 여전히 감염자들이 내는 희미한 소리가 들려왔지만, 이상하게도 더는 두렵지 않았다.

지우는 조용히 옥수수 알갱이를 씹으며, 희미한 비상등 불빛 아래 드러난 동료들의 얼굴을 가만히 바라보았다.

지난 밤 자신을 위로했던 채연은 덤덤한 얼굴로 활을 손보고 있었다. 자신을 위해 가장 말하고 싶지 않았던 속내를 열어 보여 주었다. 그게 지우에게 얼마나 큰 위로가 되었는지 채연에게 말로 다 하지 못할 만큼 고마운 마음이었다.

다음으로 수현이 보였다. 수현은 여전히 과장된 몸짓으로 "역시 사자왕의 기사단은 이 정도는 먹어 줘야지!"라며 떠들어 댔다. 하지만 그 어깨가 상처 때문에 살짝 떨리는 것이 지우의 눈에는 보였다. '사자왕'이라는 수현의 허세는 약했던 과거의 자신을 밀어내기 위한 몸부림이었다. 종말의 세상에서 불안함을 이겨 내기 위해 스스로에게 씌워 준 위태롭고도 찬란한 왕관이었다.

그리고 찬호가 보였다. 여전히 퉁명스러운 표정으로, 벽에 기댄 채 묵묵히 통조림을 비우고 있었다. 그러면서도 찬호의 시선은 계속 양호실 문 쪽을 향해 있었다. 마치 조금의 위협이라도 감지되면 즉시 튀어 나갈 것처럼.

생각해 보면 찬호는 언제나 모두와 문 사이를 가로막는 위치에 있었다. 지키지 못했던 동생에 대한 죄책감은 그에게 '무림 고수'라는 역할극과 '모두를 지켜야 한다'는 강박적인 책임감을 동시에 안겨 주었다.

마지막으로, 지우는 자기 자신을 돌아보았다. 1년 동안 방이라는 성벽 안에 스스로를 가두고, 세상의 모든 것으로부터 도망쳤던 자신. 수현이 왕의 이름을, 찬호가 고수의 역할을 빌렸다면, 자신은 '유령'이 되어 없는 사람이 되려고 했던 것이다.

이제야 모든 것이 선명하게 이해되었다. 지우도, 수현도, 찬호도, 각자의 마음속에 거대한 불안과 싸우고 있었다. 자신을 환생자라고 말하는 것도, 빙의자라고 이야기하는 것도, 방 안에 스스로를 가두는 것도, 결국은 그 지독한 두려움을 이겨 내기 위한 수많은 방법 중 하나일 뿐이었다.

이상한 것은 없었다. 그저, 이 부서진 세상 속에서 자신을 지탱할 갑옷을 각자 다른 방식으로, 필사적으로 만들어 입은 것뿐이었다. 세상의 끝에서 정말로 중요한 것은 그 갑옷의 모양이 아니라, 자신을 지키는 방법을 스스로 깨닫고 어떻게든 앞으로 나아가려는 의지. 바로 그것뿐이었다.

지우는 통조림 캔에 남은 마지막 옥수수 알갱이들을 숟가락으로 조심스럽게 떠냈다. 그리고는 다친 어깨 때문에 팔을 쓰기 힘들어하는 수현의 입가로 가만히 내밀었다. 수현은 눈을 동그랗게 뜨고 지우를 바라보더니, 이내 피식 웃음을 터뜨리며 그것을 받아먹었다.

그 순간, 불안과 상처로 갈라져 있던 네 개의 조각이 비로소 서로의 모양을 이해하고 맞물렸다. 완벽하진 않지만, 분명히 하나의 단단한 팀이 되어 있었다.

희망의 종말

"이제 나가야지."

채연의 말에 모두의 얼굴에 긴장감이 감돌았다. 지우는 양호실 문 뒤에 붙어 있던 낡은 비상 대피 안내도를 가만히 바라보았다.

"왔던 길로 돌아가는 건 위험해요. 매점 쪽엔 아직 놈들이 많을 거예요."

모두의 시선이 지우에게 쏠렸다. 순간, 지우의 가슴이 콱 조여 왔다. 전이라면 고개를 숙이고 말았을 것이다. 하지만 이번에는 끝까지 말을 이어 보기로 했다.

"이쪽 복도를 따라가면 과학실이 있어요. 과학실을 가로질러서 강당 뒤편으로 나갈 수만 있다면, 그쪽 비상구는 운동장 뒤편이랑 연결돼요. 정문보다 훨씬 안전하게 나갈 수 있어요."

목소리가 덜덜 떨리는 게 느껴졌지만, 논리는 분명했다. 채연이 고개를 끄덕였다.

"좋아. 내가 앞장서서 길을 열게. 찬호, 네가 뒤를 부탁해. 지우야 네가 수현이를 부축해서 내 뒤에 바짝 붙어."

역할이 정해지자 이상하게도 막막하던 불안이 옅어졌다. 찬호가 아주 천천히 문고리를 돌렸다. 삐걱거리는 소리가 날까 숨소리까지 죽였다. 틈새로 보이는 복도에는 다행히 감염자 두 명만이 어슬렁거리고 있었다.

채연이 손짓으로 신호를 보냈다. 소리 없이 복도로 나서, 망설임 없이 시위를 당겼다. 낮은 비행음과 함께 멀리 있던 감염자 하나가 풀썩 쓰러졌다. 남은 하나가 막 고개를 돌리려는 순간, 등 뒤에서 뛰쳐나간 찬호의 쇠파이프가 둔탁한 소리를 내며 놈의 뒤통수를 가격했다. 모든 것이 10초 안에 일어났다. 이전과는 비교할 수 없는 완벽한 호흡이었다.

네 사람은 고양이처럼 발소리를 죽이며 과학실로 향했다. 문이 열리자, 포르말린 냄새와 함께 어둠 속에 잠긴 인체 모형, 동물의 박제들이 섬뜩한 모습을 드러냈다.

"젠장, 여긴 또 왜 이렇게 으스스해…."

수현이 속삭이며 안으로 들어서는 순간이었다. 실험대 아래에 죽은 듯이 쓰러져 있던 감염자 하나가, 벌떡 일어나 수현의 발목을 잡았다.

"악!"

수현이 비명을 지르며 넘어졌다. 가장 가까이 있던 지우가 놀라 움찔했다. 하지만 이번엔 달랐다. 지우는 이를 악물고, 손에 들고 있던 목봉을 휘둘러 감염자의 팔을 후려쳤다. 빡! 소리와 함께 감염자가 주춤하는 사이, 수현이 발을 빼고 뒤로 물러났다.

"괜찮아?"

지우는 가쁘게 숨을 몰아쉬었다. 어설픈 공격이었지만, 이번에는 도망치지 않고 몸을 움직였다.

"잘했어."

찬호가 무심하게 툭 던진 칭찬에 지우의 얼굴이 빨개졌다.

"내가 길을 열게! 내 뒤로 붙어!"

찬호가 선두로 뛰쳐나가며 쇠파이프를 야구방망이처럼 휘둘렀다. 감염자 하나가 나가떨어지며 길이 열렸다.

"뛰어!"

채연의 외침에 모두가 비상구를 향해 달리기 시작했다. 채연은 뒤를 향해 달리며, 추격해 오는 감염자들을 향해 쉴 새 없이 화살을 날렸다. 수현은 다친 어깨를 부여잡고, 지우는 그런 그녀를 부축하며 필사적으로 달려 학교를 빠져나왔다. 엉망진창이었지만, 이번에는 아무도 뒤에 남지 않았다. 모두가 불안 속에서도 끝까지 함께 뛰어나온 것이다.

김 민 성

학교를 빠져나온 뒤 며칠간, 네 사람 사이의 공기는 이전과 확연히 달랐다. 더 이상 서로를 탐색하는 어색함이나 불신은 없었다. 말수가 적은 것은 여전했지만, 그 침묵은 이제 편안한 신뢰의 일부가 되어 있었다. 찬호는 지우의 작은 실수에 날을 세우지 않았고, 지우 역시 그의 뒤를 따라 다니며 주변을 경계하는 법을 익혀 갔다.

문제는 수현의 상처였다.

제대로 된 치료를 받지 못한 어깨의 상처가 며칠이 지나자 덧나기 시작했다. 수현은 애써 괜찮은 척 "전장에서 이정도 상처는 웃으며 견뎌야 하겠지"라며 과장된 목소리로 떠들었지만, 창백해진 얼굴과 식은땀, 점점 오르는 열은 속일 수 없었다. 수현의 걸음이 눈에 띄게 느려지던 날 저녁, 채연은 지도를 펼쳤다.

"이대로 두면 안 돼. 염증이 더 번지면 위험해질 거야. 항생제가 필요해. 여기로 가자."

수현의 손가락이 가리킨 곳은 지도 위에 붉은 십자가로 표시된, 이 지역에서 가장 큰 종합병원이었다. 병원. 바이러스가 창궐했을 때, 가장 먼저 지옥으로 변했을 장소였다. 네 사람의 얼굴에 긴장감이 어렸다.

"위험하겠지만, 수현이를 위해서라도 가야 해."

이번엔 지우가 먼저 입을 열었다. 목소리에는 두려움과 함께 그걸 외면하지 않으려는 결심이 섞여 있었다. 찬호 역시 말 없이 고개를 끄덕였다. 수현은 그런 동료들을 보며 "사자왕은 이 정도 시련에 굴하지 않는다. 으윽"이라고 중얼거렸지만, 그 목소리에는 힘이 없었다.

다음 날, 네 사람은 거대한 병원 건물 앞에 섰다. 응급실 입구는 구급차와 바리케이드로 막혀 아수라장이 되어 있었다. 마치 거대한 무덤의 입구 같았다.

"뒤쪽으로 돌아가자. 약품을 옮기는 통로가 있을 거야."

채연의 판단에 따라 건물 뒤편으로 향하자, 다행히 자물쇠 가 부서진 지하 약품 창고 입구를 발견할 수 있었다. 육중한 철문을 열자, 소독약과 피, 그리고 부패한 냄새가 뒤섞여 훅 끼쳐 왔다.

병원 내부는 지독할 만큼 고요했다. 간간이 깜빡이는 비상 등 불빛이 복도에 길게 누운 시체 더미와 버려진 이동식 침대 를 섬뜩하게 비췄다. 경찰의 시체까지 있었다. 몇 번을 봐도 익숙해지지 않는 죽음의 모습이었다. 바닥에 흩어진 환자 기 록지들이 발에 밟혔다. 누군가의 이름이 적힌 처방전. 한 사람 한 사람의 불안과 고통이 적혀 있던 종이가 이제는 이렇게 밟 히고 있었다.

"목표는 약제실이야. 흩어지지 마."

채연의 속삭임을 따라 네 사람은 한 줄로 복도를 가로질렀

다. 약제실 표지판을 발견하고 안으로 들어섰을 때였다. 약품
장을 뒤지던 찬호의 발이 바닥에 설치된 가느다란 철사를 건
드렸다.

"딸랑! 딸랑!"

문 위쪽에 매달려 있던 작은 종이 날카로운 소리를 냈다. 누
군가 만들어 둔 함정이었다.

"젠장!"

욕설과 동시에 약제실 안쪽 문이 벌컥 열리며 한 남자가 권
총을 겨누고 나타났다. 하얀 의사 가운은 때에 절어 누렇게 변
해 있었고, 얼굴엔 극도의 피로와 함께 낯선 이를 향한 병적인
경계심이 가득했다.

"움직이지 마. 누구냐, 너희들."

"우린 그냥 약을 구하러 왔을 뿐입니다. 도움이 필요합니
다."

채연이 활을 내려놓으며 천천히 말했다. 남자는 수현의 상
처를 보더니 잠시 미간을 좁혔다. 경계심 가득한 그의 눈에 아
주 잠깐, 외로움과 안도감이 스쳐 지나갔다.

"항생제와 치료가 필요한 모양이군."

의사 가운 오른쪽에 박철우라는 명찰이 달려 있었다. 그는
자신을 이 병원의 의사라고 소개했다. 수현의 상처를 소독하
고 항생제를 주사하며 말했다.

"상처가 난 지 28시간이 훨씬 지났는데도 변이 증상이 없는 것을 보니, 종말 바이러스에 감염된 것은 아닌 모양이야. 운이 좋았어."

그의 목소리는 조금 전과 달리 굉장히 다정했다.

"이곳 병동과 내가 알려 주는 구역은 안전해. 감염자들은 다른 층으로 몰아 뒀어. 그래도 괜히 돌아다니지 말고, 잠깐이라도 쉬어."

박철우의 말에 네 사람의 어깨에서 조금씩 힘이 빠져 나갔다. 진통제가 돌기 시작하자 수현은 금세 잠이 들었고, 채연과 찬호는 반쯤 걸터앉아 쉬었다. 지우는 의사가 알려 준 안전 구역을 조심스럽게 돌아보았다.

병원 생활은 나쁘지 않았다. 병원 비상 발전기와 옥상의 태양광 패널 덕분에 전기까지 쓸 수 있었다. 수도에서 물이 나왔고 따뜻한 물까지 쓸 수 있었다. 근 몇 달 만에 뽀송뽀송하게 씻을 수 있다는 것만으로도 채연과 수현의 행복 수치는 한계치 이상까지 올라간 것 같았다.

'이렇게 편해도 되는 걸까.'

지우는 이 평온이 묘하게 불안했다.

"그래서, 그쪽은 앞으로 어쩔 생각이지? 이 어린애들을 데리고 어디로 가려고."

"남쪽이요. 정부가 만든 안전지대가 있다고 들었어요."

채연의 대답에 의사의 얼굴에 깊은 피로와 연민이 어렸다. 그는 마치 끔찍한 비밀을 털어놓듯, 고개를 떨구며 말했다.

"안전지대라니. 아아, 너희 같은 아이들은 아직도 그걸 믿고 있었구나. 그쪽 통신은 오래 전에 끊겼어. 그런 곳은 없어."

박철우의 서글픈 목소리에 다들 저도 모르게 이야기에 빠져들었다.

의사는 안타까움에 눈가를 훔치는 모습까지 보이며 세 아이들을 둘러보았다.

"거긴 안전지대가 아니야. '수집 장소'지. 정부는 생존자를 구하려는 게 아니야. 바이러스에 저항하는 특별한 항체를 가진 '면역자'를 찾고 있을 뿐이야. 나머지는? 그냥 실험체거나 폐기 대상일 뿐이야. 정부의 마지막 지침이었다."

지우는 박철우의 말을 들으며 그의 발치를 무심코 보았다. 그는 발뒤꿈치로 바닥에 떨어진 작은 무전기 같은 것을 지그시 밟아 으깨고 있었다. 마치 그것이 원래부터 부서져 있었다는 듯이. 그제서야 좀 이상한 것들이 떠올랐다.

'통신이 오래전에 끊겼다면서, 저런 소식은 어떻게 알고 있는 거지?'

뭔가 이상했지만 아직 말로 꺼낼 만큼 확신은 없었다. 불안이 가슴 한구석에 자리 잡았다.

"애들아, 너희가 쫓던 건 희망이 아니야. 그냥, 조금 더 그럴 듯하게 꾸며 놓은 덫이었을 뿐이라고."

마음 한쪽에서 무력감과 허무함이 번졌다. 바이러스보다 더 무서운 건 희망이 무너질지도 모른다는 불안이라는 걸 지우는 새삼 깨달았다. 바로 그때를 놓치지 않고, 박철우는 부드러운 목소리로 제안했다.

"여긴 안전하다. 이 병원은 견고하고, 아직 쓸 만한 약과 식량도 충분하지. 내가 너희를 지켜 주마. 우리끼리… 여기서 가족처럼 지내는 것이 어떠냐? 그게 우리가 살아남을 유일한 길이다."

박철우의 눈빛이 광적으로 빛났다. 그는 혼자 남겨지는 것이 죽기보다 두려웠다. 네 사람의 부서진 희망 위로, 그는 자신만의 성을 세우려 하고 있었다.

살아남아, 우리들의 길을

......

　박철우의 말은 강력한 독처럼 퍼져 나가 일행의 마음을 마비시켰다. 찬호는 주먹을 꽉 쥔 채 벽을 노려봤고, 수현의 얼굴에서는 그늘이 졌다. '안전지대'라는 목적지가 사라진 지금, 앞으로 나아갈 동력 자체가 빠져나가 버렸다.

　박철우는 그런 표정을 놓치지 않았다. 일행의 눈에서 빛이 꺼져 가는 순간을 만족스럽다는 듯 조용히 지켜보았다.

　'이젠, 이 애들은 내 곁을 떠나지 못하겠지.'

　그의 눈빛에는 타인을 향한 연민보다 혼자 남겨질까 두려워 떠는 어른의 불안이 더 짙게 배어 있었다.

　며칠이 지났다. 다들 서로 말하는 시간이 줄어들었다. 찬호는 훈련을 멈추었다. 쇠파이프는 병실 구석에 기대어 있었고, 그 앞을 지날 때마다 눈길만 잠깐 주고 다시 외면했다. 수현도 더 이상 '사자왕 리처드'를 입에 담지 않았다. 농담 대신 피곤

하단 말만 늘어갔다. 안전한 곳에서 굳이 자신을 지키기 위한 갑옷을 입지 않아도 됐다.

채연도 마찬가지였다. 처음 며칠은 물, 전기, 깨끗한 침대가 그저 꿈같이 느껴졌다. 하지만 그 감탄은 금방 사라졌고, 무력해졌다.

지우는 이상하게 마음이 더 무거워졌다.

'이렇게 안전한데, 왜 나는 더 불안하지?'

불안은 줄어들지 않았다. 대신 모양만 바뀌었다. 감염자에게 잡아먹힐까 봐 떨던 불안이, 이젠 이렇게 주저앉은 채 아무것도 하지 못하는 자신을 향한 불안으로 변했다.

'이대로, 그냥 여기서 숨어서 있는 게 맞을까?'

그런 생각이 떠오를 때마다 스스로를 방에 가두었던 때로 돌아가는 것 같아 숨이 막혔다.

그렇게 침묵이 길어진던 어느 날, 지우가 조용히 고개를 들었다.

"저…, 그래도 가 봐야겠어요."

지우의 목소리는 작았지만, 방 안의 시선을 한꺼번에 끌어당겼다. 박철우가 눈썹을 찌푸렸다.

"뭐라고?"

"그 말이 사실인지 아닌지, 직접 보고 싶어요. 남쪽이 정말 지옥인지, 덫인지. 아니면 아직 누군가 남아 있는지."

손이 떨리는 게 느껴졌지만, 이제는 떨림을 숨기려고 애쓰지 않았다.

"여기서 그냥 멈춰 있으면요. 더 이상 앞으로 나아갈 수 없을 것 같아요. 그게 더 무서워요."

그 말에 찬호와 수연도 동시에 고개를 들었다. 채연은 잠시 지우를 바라보다 천천히 숨을 내쉬었다.

"그래. 지우 네 말에 나도 찬성이야."

찬호는 파이프를 다시 집어들었다. 수현도 "아직 사자왕의 여정은 끝나지 않았느니라"라며 작게 웃어 보였다.

모두의 표정에서 다시 작은 불꽃 같은 게 피어오르는 것을 보고, 박철우의 얼굴에서 다정한 미소가 순식간에 사라졌다. 그 자리에 당혹과 분노가 스쳐 지나갔다.

"안 돼! 바깥은 지옥이야! 내가 너희를 지켜 주겠다는데 왜!"

그의 목소리가 날카롭게 떨렸다. 일행이 장비를 챙기며 떠날 채비를 하자, 박철우의 눈빛이 광기로 번뜩였다. 그는 모두 막아서며 애원했다.

"제발, 가지 마. 나 혼자라고. 또 혼자 남겨질 수는 없어."

그 말에 지우의 가슴이 잠깐 먹먹해졌다. 그러나 그 불쌍함보다 더 크게 밀려오는 감정이 있었다.

'이 사람은 우리를 구하려는 게 아니야. 우리를 감옥에 가두

려는 거야.'

일행이 그를 지나쳐 문으로 향하는 순간, 의사는 괴성을 질렀다.

"너희들을 위해서야! 여기서 나갈 순 없어!"

박철우는 미친 사람처럼 복도 벽에 붙어 있던 붉은색 비상 벨 덮개를 주먹으로 깨부쉈다. 그리고는 망설임 없이 그 안의 버튼을 세게 눌렀다.

"따르르르르르르! 에에에에에엥! 에에에에에엥!"

귀를 찢는 사이렌 소리가 병원 전체를 뒤흔들었다. 붉은 비상등이 복도를 섬광처럼 비추며, 지옥의 문이 열렸음을 알렸다. 박철우는 헐떡이며 광기 어린 미소를 지었다.

"이제 너희는 아무 데도 못 가. 우린 여기서 영원히 함께야."

"이런 미친! 당신이 나를 언제 봤다고 우리야!"

찬호가 그에게 달려들려 했지만, 창밖에서 들려오는 끔찍한 소리가 그의 발을 멈췄다. 도시 곳곳의 감염자들이 사이렌 소리를 듣고 병원으로 몰려들고 있었다.

"크하하, 포기해. 끝났어, 다 끝났다고!"

의사가 절규하듯 웃었다. 하지만 지우는 그를 노려보며 소리쳤다.

"아니, 아직 안 끝났어!"

지우는 복도 벽의 병원 비상 대피 안내도로 달려가 가리켰다.

김 민 성

"방법이 있어! 우리는 우리 힘으로 여기서 나갈 수 있어요!"

지우는 이전보다 훨씬 더 확신에 찬 목소리로, 박철우가 알려 준 안전 구역을 지나 응급 병동을 통해 밖으로 빠져나갈 경로를 빠르게 설명했다. 환생자와 빙의자의 눈에 다시 불이 붙었다. 그들의 적은 이제 감염자들만이 아니었다. 저 문밖의 괴물들과 문 안의 어른이라는 괴물에게서도 벗어나야 했다.

작전은 바로 시작되었다. 박철우를 약제실에 가두고 네 사람은 옥상으로 향했다. 방송실 스피커에서 터져 나온 끔찍한 하울링은 아래층의 감염자들을 흥분시켜 위로 끌어올렸다.

"지금이야! 지하로 뛴다!"

수현의 외침을 시작으로, 네 사람은 미친 듯이 비상계단을 달려 내려갔다. 위층으로 향하는 감염자들의 물결을 스치고, 계단참에서 튀어나오는 놈들을 밀쳐 내며 달렸다.

심장은 당장이라도 터질 것 같았고, 다리는 젤리처럼 후들거렸다. 하지만 그 공포를 붙들고 한 칸 한 칸 내려가는 것 말고는 다른 선택지가 없었다.

응급실 복도에 거의 다다랐을 때였다. 미처 위로 올라가지 못한 감염자 무리가 복도를 가로막고 있었다. 퇴로는 없었다.

"여긴 내가 막는다! 먼저 가!"

찬호가 쇠파이프를 휘둘러 감염자들의 앞을 가로막았다. 그는 혼자서 세 명, 네 명을 상대하며 필사적으로 길을 열었다.

그의 눈에는 '이번에야말로 반드시 지킨다'는 결의가 불타고
있었다.

그 사이, 지우와 채연은 버려진 병원 침대를 끌어왔다.

"올라타, 수현아!"

"가자. 사자의 심장을 가진 기사단이여. 빛의 창을 앞으로
내뻗으라!"

병원 침대에 올라탄 지우가 링거대를 앞으로 쭉 뻗었다. 채
연과 지우는 온 힘을 다해 침대를 밀고 나갔다. 응급실 복도
에 사자왕 수현의 마상창술, 아니 침상창술이 훌륭하게 작렬
했다.

그 틈을 타 찬호가 수현의 침대 뒤로 올라탔다. 수현은 목소
리 크게 외쳤다.

"가자. 적토마여! 사자왕의 영지로!"

"아니이. 사자왕이 갑자기 왜 적토마를 타는데? 그건 뭔 혼
종이냐고."

그러면서도 지우는 채연을 도와 침대를 더 힘차게 밀었다.
그때 무리의 뒤편에서 빠져나온 감염자 하나가 지우에게 맹렬
하게 달려들었다. 지우가 피할 틈도 없이, 감염자의 손톱이 그
의 얼굴을 향했다.

"안 돼!"

수현이 비명을 지르며, 부상당한 어깨의 고통도 잊은 채 링

　　　　　　　　　　　　　　김 민 성

거대를 휘둘러 감염자의 옆구리를 후려쳤다. 허세가 아닌, 동료를 구하기 위한 본능적인 움직임이었다.

마침내 응급실 출입문이 눈앞에 보였다. 하지만 육중한 철문 앞을, 유난히 덩치가 큰 감염자 하나가 버티고 서 있었다. 경찰 옷을 입은 마동석 배우를 연상시키는 모습이었다.

"아!"

채연이 숨을 멈췄다. 그녀의 눈앞에 올림픽 결선 무대의 마지막 과녁이 겹쳐 보였다. 사람들의 시선, 떨리는 손, 놓지 못했던 시위. 실패의 기억이 발목을 잡으려 했지만, 그녀는 고개를 저었다. 채연의 곁에는, 자신을 믿고 있는 동료들이 있었다. 채연은 천천히 숨을 들이마셨다가 내쉬었다.

"괜찮아. 떨려도 쏘는 거야."

스스로에게 속삭이듯 말하고 시위를 당겼다.

"핑!"

화살이 공기를 가르는 소리가 유난히 맑게 들렸다. 정확하게 감염자의 눈을 꿰뚫었다. 거대한 몸이 앞으로 고꾸라지며 길을 열었다.

"열어!"

지우가 낡은 철문의 잠금장치를 미친 듯이 밀어냈다. 마침내 육중한 문이 열리고, 네 사람은 썩은 공기가 가득한 병원을 벗어나 차갑고 축축한 새벽 공기 속으로 몸을 던졌다. 문이 닫

히며 안쪽에서 들려오던 비명, 사이렌, 광기 어린 웃음 소리가
점점 멀어졌다.

　육중한 철문이 꽝 닫히는 순간, 세상의 모든 소음이 사라졌
다. 귀에는 오직 동이 터 오는 새벽의 차가운 바람 소리와 서
로의 거친 숨소리만 남았다.

　아무도 말을 하지 않았다.

　먼지와 피, 땀으로 뒤범벅이 된 채 약속이라도 한 듯 주저
앉았다. 서로에게 등을 기대거나 어깨를 빌려주며 간신히 몸
을 지탱했다. 살아 나왔다. 그 단순한 사실이 실감 나지 않아,
그저 폐허 위로 떠오르는 희미한 여명을 멍하니 바라볼 뿐이
었다.

　"아우, 미친 인간."

　찬호가 낮은 목소리로 욕설을 뱉으며 침묵을 깼다. 그때 조
용히 생각에 잠겨 있던 지우가 입을 열었다.

　"그 의사, 처음부터 거짓말을 하고 있었어."

　"뭐?"

　"안전지대에 대한 거 말이야. 그가 우리에게 절망적인 이야
기를 하면서 발밑에 있던 전화와 무전기 같은 것들을 부순 것
을 봤어. 생각해 보니까 안전하다는 병동들에도 전화기는 다
뜯겨 있거나 끊겨 있었고. 통신이 완전히 끊겼다고 말하는 사
람이 굳이 남은 것까지 그렇게 없앨 이유가 없잖아."

지우는 한 번 숨을 골랐다.

"남쪽으로 갈 희망을 완전히 꺾어 버리고, 자신에게 의지하게 만들고 싶었던 거야. 그래야 아무도 떠나지 않으니까."

지우의 말에 다들 숨을 삼켰다. 그제야 모든 조각이 맞춰졌다. 의사의 과장된 연기, 필요 이상의 친절, 그리고 마지막의 광기까지.

"그럼, 남쪽의 안전지대는…."

수현의 말끝이 희미하게 떨렸다. 찬호가 그 말을 이었다.

"진짜로 있을 수도 있다는 거잖아?"

지우는 다시 한번 마음을 다잡았다.

"나는 꼭 가야겠어."

모두의 시선이 그에게 쏠렸다.

"남쪽이든 세상 끝이든 우리 부모님을 찾을 때까지. 만날 수 있다면 내가 얼마나 무서웠는지, 내가 얼마나 도망쳤는지, 그래서 내가 얼마나 잘못했는지, 그리고 얼마나 감사했는지 꼭 다 말씀드리고 싶어."

지우의 목소리는 크지 않았지만 그 어떤 외침보다 단단했다. 채연이 그런 지우를 바라보며 조용히 고개를 끄덕였다. 찬호는 머리를 긁적이며 투덜거렸다.

"어휴, 귀찮은 녀석."

그러면서도 입가에 걸린 희미한 미소를 감추지는 못했다.

수현이 지우의 옆으로 다가와 어깨를 툭 쳤다.

"너, 정말 완전히 다른 사람이 된 거 알아?"

지우는 수현을 보며 멋쩍게 웃었다. 그리곤 예상 못한 자신의 속내를 꺼내 보였다.

"마치 인생 2회 차를 사는 기분이거든."

"인생 2회 차?"

"응. 1년 동안 방 안에서 죽어 있다가 너희를 만나 다시 태어난 거니까. 회귀를 했는데 아직은 초보라 서툴고 실수투성이인 그런 느낌?"

지우는 동료들을 차례로 둘러보았다. 그의 눈에는 깊은 고마움과 애정이 담겨 있었다.

"그래도 이번 생은 너희와 함께 끝까지 가 보고 싶어. 내 여정의 끝을, 너희와 함께 보고 싶어."

그 진심 어린 고백에 수현은 웃으며 지우의 등을 세게 후려쳤다.

"푸핫, 좋네. 초보 회귀자! 앞장서라! 사자왕의 기사단이 네 뒤를 봐 줄 테니!"

폐허가 된 도시 위로 아침 해가 천천히 떠오르고 있었다. 과거의 실패를 정면으로 바라보게 된 궁사, 약했던 자신을 밀어내고 왕관을 눌러쓴 환생자, 다시 잃지 않겠다고 다짐한 무림 빙의자, 불안과 함께 걷는 법을 깨우친 엉망진창 초보 회귀자.

종말 세상에 참 어울리는 네 개의 그림자가 나란히, 하나의
분명한 목표를 향해 다시 나아가고 있었다.

에필로그

1년이라는 시간이 흘렀다.

남쪽으로 이어지는 길에서 네 사람은 우연히 강을 낀 작은 농가를 발견했다. 주변이 탁 트여 있어 감염자의 접근을 확인하기 쉬웠고, 낡았지만 튼튼한 창고와 작은 밭도 있었다. 누가 먼저 말하지 않아도 알 수 있었다. 이제 잠시 멈춰 숨을 고르고, 부서진 마음을 다시 추스려야 할 때라는 것을. 농가는 자연스럽게 네 사람의 새로운 '안전지대'가 되었다.

지우는 더 이상 방 안에 숨어 살던 어설픈 소년이 아니었다. 그렇다고 불안이 완전히 사라진 것도 아니었다. 불안은 언제나 그림자처럼 곁에 있었다. 지우가 달라진 건, 불안을 피하지 않는 법을 배웠다는 점이었다.

매일 아침 덫을 확인할 때마다 심장은 여전히 빠르게 뛰었고, 밤에 책을 읽을 때면 '내가 정말 잘하고 있는 걸까' 하는

김 민 성

의문이 떠올랐다. 그래도 그저 불안을 붙잡고 신중하고 조심스럽게, 그러나 꾸준히 앞으로 나아갈 뿐이었다. 불안한 사람이라서 가능한 일도 있다는 걸 이제는 알았기 때문이다.

채연은 여전히 모두의 든든한 버팀목이었다. 옥상 망루에서 활을 들고 경계를 섰고, 아이들에게 활 쏘는 법과 자신의 생존 기술을 가르쳐 주었다. 채연의 얼굴에선 과거의 그늘을 찾아볼 수 없었다. 가끔은 한숨도 쉬었고, "오늘은 좀 지치네"라며 솔직한 마음을 말했다.

찬호의 쇠파이프술은 이제 농담이 아닌, 실전 무술이 되어 있었다. 농가의 허술한 울타리를 보수하고, 주변을 정찰하는 몫을 도맡았다. 찬호의 등은 언젠가 지키지 못했던 가족에 대한 죄책감 대신, 지금 곁에 있는 동료들을 지키는 책임감으로 단단해져 있었다.

수현은 농가의 작은 밭을 일궈 감자와 옥수수를 키워 냈다. 손에는 늘 흙이 묻어 있었다. 물론 여전히 스스로를 '사자왕'이라 칭했지만, 이제 그 말은 허세가 아닌, 척박한 땅에서도 희망을 길어 올리는 긍정의 주문이 되어 있었다.

그날 저녁, 네 사람은 창고에 모여 모닥불을 쬐고 있었다. 수현이 키운 감자를 구워 먹으며, 평범하지만 소중한 저녁을 보내고 있었다. 지우는 한쪽 구석에서, 몇 달째 고치고 있던 낡은 단파 라디오를 만지고 있었다. 포기할 법도 한데, 그는 매일 밤 라디오를 붙들고 있었다. 어쩌면 부모님을 찾을 수 있는 유일한 끈이었기 때문이다.

모두가 말없이 불꽃을 바라보고 있을 때였다.

"치직… 치지직…."

죽은 듯 조용하던 라디오에서 아주 희미한 소리가 흘러나왔다. 모두의 시선이 라디오로 향했다. 지우가 떨리는 손으로 다이얼을 미세하게 조절하자, 잡음 너머로 사람의 목소리가 들려왔다. 반복해서 송출되는 녹음된 방송이었다.

"… 생존자를 위한 희망의 울림. 민간 생존자 연합 '희망의 메아리'에서 발송합니다. 생존자 여러분 정부는 여러분을 포기하지 않았습니다. 치지직. 도시는 수복… 치지직 … 우리는 남원 지역, 광한 피난 캠프에… 과거 정부의 격리 구역이었던 시골 마을 인근 생존자들을… 구조… 기다리고…"

방송이 언급한 '시골 마을'은 지우의 외할머니 댁이 있는 곳이었다. 엄마와 아빠가 마지막으로 향했던 바로 그곳.

지우는 숨을 멈췄다. 그는 천천히 고개를 들어 동료들을 바라보았다. 채연과 찬호, 수현의 얼굴에도 똑같은 표정이 떠올라 있었다. 놀라움, 그리고 결의.

지우는 품속에서 닳고 닳은 가족사진을 꺼냈다. 불빛 앞에

김 민 성

서 사진 속 부모님이 미세하게 흔들렸다.

'정말, 다시 만날 수 있을까?'

불안과 희망이 뒤섞여 가슴이 아프게 뛰었다. 동시에 어디선가 새 힘이 솟아오르는 것도 느꼈다. 지우는 사진과 동료들을 번갈아 바라보았다. 어쩌면 이거야말로 '2회 차 인생'의 새로운 챕터가 시작이라는 생각이 들었다.

다음 날 새벽, 네 사람은 단출한 짐을 꾸렸다. 농가에는 '곧 돌아온다'는 작은 팻말 하나만을 남겨 둔 채였다. 그들은 다시 길 위에 섰다. 하지만 1년 전의 막막함은 없었다. 그들의 발걸음은 분명한 희망을 향해 나아가고 있었다.

폐허가 된 세상 위로 또다시 아침 해가 떠오르고 있었다. 그리고 네 명의 발걸음은 망설임이 없었다. 그들의 이야기는 아직 끝나지 않았다. 앞으로 어떤 위험이 기다리고 있을지, 이 세상 끝에 무엇이 있을지 아무것도 알 수 없었다. 하지만 한 가지는 분명했다. 함께 가야 할 이유가 있다는 것. 그것으로 충분했다.

사실은 불안하기 때문이야

초판 1쇄 인쇄일 | 2026년 1월 19일
초판 1쇄 발행일 | 2026년 2월 3일

지은이 | 임지형 장강명 정명섭 김민성
펴낸이 | 사태희
편　집 | 정현주 · 책임편집 | 박선규
디자인 | 김경미
마케팅 | 장민영
제　작 | 이승욱 이대성

펴낸곳 | (주)특별한서재
출판등록 | 제2018-000085호
주 소 | 08505 서울특별시 금천구 가산디지털2로 101 한라원앤원타워 B동 1503호
전 화 | 02-3273-7878
팩 스 | 0505-832-0042
e-mail | info@specialbooks.co.kr
ISBN | 979-11-6703-188-4 (43810)